八十の坂を上る

山口 昇

Yamaguchi Noboru

風詠社

目次

装幀　2DAY

第一章　高齢シニアの健康

80歳を過ぎても健康で元気なシニアは大勢います。元気シニアは健康志向が高い人です。ラジオ体操をしたりウオーキングをしたりストレッチングや適度な筋トレをしたりして、健康な高齢人生を生きようと努力している人です。

健康に関心を持って、健康によいとする情報があればそれが自分に適しているかどうかを検討してみる。気になる体調変化があったら、ネットで調べて主治医に相談してみる。このように、健康に関心を持って健康に関する教養や常識を高めることは、私たち高齢シニアの健康を守る手段だともいえます。

80歳まで生きたのだから、後は好きなことをして楽して生きようとする人には晩年の健康生活は得られません。高齢シニアの健康は、メンテナンスをしなければ壊れるのも早いのです。楽して八十の坂を越える道はないと考えるべきです。

80歳を過ぎたら十分生きたのだから、我慢をしないで好きなことをしていい、食べたいものは好きなだけ食べていい、健康診断も受けなくていい、体に不調をきたしても加齢による変調なのだから治療も受けなくていいと考える人もいます。

果たして、それでいいのでしょうか？

健康寿命と平均寿命

健康寿命という指標があります。現在、健康寿命の算定は、「日常生活に制限があること」を不健康と定義し、3年ごとに実施される「国民生活基礎調査」で得られたデータをもとに算出することになっています。

その調査内容は、主たる指標として「あなたは現在、健康上の問題で日常生活に何か影響がありますか」という質問に対して、「ない」という回答を「健康」とし、「ある」という回答を「不健康」として算出します。

もう一つ副指標として、「あなたの健康状態はいかがですか」という質問に対して「よい」「まあよい」「ふつう」という回答を「健康」とし、「あまりよくない」「よくない」という回答を「不健康」として算出するそうです。

そんな調査は受けたことがないという人は多いと思います。「国民生活基礎調査」は、全数調査ではなく全国30万世帯ほどのサンプリング調査だからです。回答実績は70％前後です。従って、20万世帯ほどの有効回答を計算しています。

このようにして算出された健康寿命は、令和元年（２０１９年）現在、男性の平均寿命81・47歳に対して健康寿命は72・68歳、女性の平均寿命87・54歳に対して健康寿命75・38歳ということになっています。

このデータからは、平均寿命と健康寿命の差、つまり、不健康状態の期間はだいたい10年前後ということになります。女性の方が、３年ほど不健康寿命が長いようですがこれは女性が長生きだからです。

毎年、厚労省が発表している平均寿命は、ピリオド平均寿命といって現時点の私たちの平均寿命を表していることになっています。信頼していいのでしょうか？

その計算方法は、赤ちゃんが生まれた年を起点として、遡及した過去（１１５年間）の各年齢の死亡実績値をそのまま計算に使って、その年に生まれた赤ちゃんの半数が生き残る平均余命（この場合平均寿命）を算出したものです。

これから生きようとする赤ちゃんの将来寿命を、過去に生きた人たちの死亡実績値をもって推し測るというのですが、これは赤ちゃんの平均寿命を予測計算するものではありません。その時点の日本国民の平均寿命を計算しているのです。

本当に私たちの平均寿命なのでしょうか？　過去には戦争がありました。１９４０年代に戦死した３００万人の方々、空襲によって亡くなられたおびただしい民間人の方々はピリオド平均寿命にも大きく影響しているはずです。

昭和20年代から30年代には、今では簡単な盲腸炎の手術で多くの人達が亡くなりました。私の同級生も従兄も盲腸炎の手術で亡くなっています。

盲腸炎ばかりではありません。今に比べれば「癌」の死亡率は高く、「癌」は死を意味しました。小児医療も未熟でした。私の３人の兄弟は1歳未満で亡くなりました。感染症医療も抗生物質が不足していました。ペニシリンがあれば、急性感染症の多くの人々（私の母も）は助かっていたはずです。公衆衛生や生活習慣病の予防医学も未発達でした。過去は過去であって、将来の社会背景を反映していないのです。

これに対して、医療や公衆衛生の進歩、社会の健康志向の向上など寿命が将来的に長くなる要素を予測して計算する「コーホート平均寿命」があります。コーホート平均寿命では、２００７年に生まれた日本人の平均寿命は１０７歳とされています。

コーホート平均寿命は、ロンドン・ビジネススクールのリンダ・グラットン教授らが著書『ライフシフト』を発表したことで広く知られるようになりました。

ピリオド平均寿命では、先々の平均寿命を計算することはできません。例えば、70歳の高齢者がこれから生きる平均寿命（平均余命）すら予測できないのです。過去の死亡実績値を使う計算方法なので将来予測をすることができないのです。

ピリオド平均寿命とコーホート平均寿命では、発想も計算方法も違うので比較することはできませんが、大雑把に、8年前後ほどの違いがあると思われます。

１９４１年に生まれた私の中学同期生の場合、平成31年1月時点（77歳）での生存率は、卒業生２０４名中、物故者36名、所在不明者を考慮しても80％弱です。その後4年間に8名が亡くなりました。50％が生き残るのにあと何年かかるでしょうか？　このことからも、ピリオド平均寿命が実態より短いことが分かります。

つまり、コーホート平均寿命を参考にすれば、今の中高年シニアの将来的な不健康期間は約18年前後ということになります。これは尋常な期間ではありません。中高年シニアにとって、不本意で暗い不健康生活が18年も続くのです。

18年もの不健康生活は、高齢シニアの尊厳を損なうだけではありません。わが国の医療や介護機能が破綻するかも知れないということです。今でも介護は瀬戸際です。

健康志向の高い人は、長生きしたいというより、生きている間は健康でいたいと思って健康管理に励んでいます。健康のために、ウオーキングをしたり筋トレやストレッチングをしたりして、そのことを生活習慣にしているのです。

一方で、80歳を過ぎたら十分生きたのだから、我慢をしないで好きなことをしていい、食べたいものは好きなだけ食べていい、健康診断も受けなくていい、体に不調をきたしても加齢による変調なのだから治療も受けなくていいと考える人がいます。

高齢シニアの多くは、このような甘い言葉を真に受けやすいのです。一時、世の中には「頑張らない」ブームがありました。もちろん、高齢者には「頑張り過ぎ」は禁物ですが、人間はいくつになっても頑張ることで人生を高めてきたのです。

人間が頑張らないでいいはずはありません。地球上の生きとし生けるもの全てが頑張っているのです。小さな虫でも頑張って生きています。高齢者には高齢者なりの頑張りがあります。無理をしないで楽しみながら頑張るのです。

これからは、「頑張らない」ではなく「頑張り過ぎない」といいたいものです。それとも、「楽しく頑張る」といった方がいいでしょうか?

高齢者が適度に頑張るためには健康力を上げる必要があります。健康力を上げるためには適度に運動する必要があるのです。しかし、頑張り過ぎないことです。頑張り過ぎると、スジを痛めたり関節を痛めたりして健康にとって逆効果になります。

高齢シニアには、特に、適度な筋トレとストレッチングは重要です。筋肉は、適度の筋トレを行うことで90歳からでも強化することができるのです。以前から、筋力強化は代謝を高め、血行促進をはかる効果があることが知られています。

無理をしない程度に、かかと上げ、腿上げ、スクワット、三角グリップで握力強化、腕立て伏せ、腹筋などをできる範囲内で行います。できる範囲内で、休憩を取りながら、時間をかけて行うことが上手くいく秘訣です。更にいえば、自分のペースで行うために、スポーツジムではなく自宅で行うことが継続する秘訣といえます。

スポーツジムが流行っていますが、スポーツジムでは、周りとの競争心がはたらき無理をすることが多いので中高年シニアには適していません。怪我のもとです。

ＮＨＫの「あしたが変わるトリセツショー」という番組があります。２０２２年４月放送の第1回・第2回『血管のトリセツ』では、ストレッチングが血管を伸ばして毛細血管の若返りをはかり、健康長寿に大きく寄与しているとの知見が放映されたのです。

私たち高齢シニアにとって思いがけない朗報でした。

ストレッチングは、有酸素運動と違って体に負担が少ないので、高齢シニア、中でも呼吸器や循環器に問題を抱える高齢シニアにも問題なく実行できます。却って、頑張り過ぎるとスジを痛めて回復には長い時間がかかるので、頑張り過ぎず、無理なく毎日行うのがいいのです。

伸膝前屈、開脚前屈、腰の捻転（座って捻転、立って捻転）、肩甲骨を寄せる、体を後ろに反って逆ストレッチ、手首も逆ストレッチというように自宅で簡単に実行できます。無理をせずに、少しずつ柔軟性を高めるのです。少しずつがいいのです。

ストレッチングを実行することで、高齢シニアの健康生活に明るさが見えてきました。日本国民の健康寿命が、10年以上延びるのも夢ではありません。

意外に多い中高年シニアの一過性脳虚血発作

私の勤務時代の年末、仕事納めの社内挨拶に回っていた上司が突然倒れました。年齢は57歳でした。急遽、病院に運ばれましたが診断は一過性脳虚血だということでした。

検査しても異常が見当たらないので、その後、自力で帰宅しました。

この発作の特徴は、検査しても異常が見つからないことです。画像診断はほとんど無力です。数ヶ月経過しても検査にその兆候が表れないことが多いのです。

お酒が好きな上司だったので、周囲の者は、「発作の原因は、度重なる忘年会で飲み疲れを起こしていた上に、仕事納めのお酒が重なって急激に血圧が下がったのだろう」と噂しました。この発作は短時間で回復するのも特徴です。

翌年、別の先輩がランニング中に脳虚血発作を起こして入院しました。先輩は、ランニングと筋トレの愛好家でした。毎週土曜日と日曜日、筋トレの後、ランニングを習慣にしていたのです。運動によっても脳虚血が起きることを知りました。

この二人は、30年経過した今もすこぶる元気です。恐らく、医療業界にいる人間として、その後の健康管理に尽力したのだと思います。一病息災です。

私が親しくしていたY医師の高校時代の同級生で、当時、あるスポーツ新聞の部長をしていたTさんがいました。そのスポーツ新聞が主催する芸能関係のイベントには、度々、招待状をいただいてお世話になりました。

そのTさんが、早朝テニスの最中に突然倒れて亡くなりました。60歳を過ぎていました。それ以前に、2度の一過性脳虚血発作を経験していたそうです。しかし、ご自身は、数分で回復するので特に問題がないと思っていたのです。

Tさんは、テニス愛好家として体力と健康に自信がありました。年1回、Y医師のクリニックで検査を受けたそうですが、血圧が少々高かった他には、特に、問題がなかったのです。Y医師には、過去の2度の発作を報告していませんでした。

結局、Tさんは、3度目の発作を起こして亡くなったのです。

令和元年、私たちの読書会が終わって午後5時ころ、飲み会に中華料理店に寄りました。餃子など数品の料理を前にしてビールで乾杯しました。30分が経ったころ、私の隣の席に座っていた先輩のNさんの様子が異常なことに気が付きました。

失神しているようでした。声をかけても返事がありません。そのうちに、頻繁にあくびをします。いびきも聞こえます。これは、一過性脳虚血発作だと判断して救急車を呼びました。丁度、救急車が到着したとき、Nさんは覚醒しました。

Nさんは、何で救急隊がきたのかといぶかしがっています。本人は、失神していたという自覚もありません。救急隊員に「私は何でもありませんから帰って下さい」というのです。堂々としたNさんの態度に、救急隊員も致し方なく引き上げたのです。

Nさんは、「時々これがあるんだよ。何でもないんだよ」「以前にも3回ほど同じことあったが健康には何の問題もないんだ」といって平然としています。「普段控えていたアルコールを飲んだのが原因だよ」といっていました。

令和4年5月、ゼリア新薬時代の5年先輩で、東京都北区で社会福祉法人を運営する栗城理事長と赤羽で食事をしようと約束していました。約束の日の前日、ケータイ電話が鳴って「食事の約束を延期してくれないか」「実は、入院しているんだよ」というのです。入院しているとは思えない元気な声でした。

数日して、退院した栗城さんとお話ししますと、勤務の後、居酒屋によっての帰りに突然意識を失って倒れたというのです。救急車で近くの北医療センターに運ばれてそのまま入院したそうです。診断の結果は、一過性脳虚血発作でした。

食事会は、その後、日程を変更して退院祝いとしてやり直しました。栗城さんの人事部長時代に、二人の社員が一過性脳虚血発作で倒れた経験があり病気については理解していたので、今は、予後管理も適切に行っています。

令和4年10月、新型コロナ感染が下火になったので同窓会埼玉支部の武蔵探検が3年ぶりに実施されました。今回は、頼朝にまつわる源氏一族の史跡巡りで武蔵嵐山を訪れました。武蔵嵐山のボランティアガイドさんの案内で、義朝や義平、義賢、木曽義仲の来歴を聞きながら、午前中に８０００歩を超える道程になりました。

今回は、参加者の中では私が最年長の81歳です。60代が1名、あとは70代です。やはり、70代とは脚力にも差がでます。私はグロッキー一歩手前でした。

11時半に、予定されていたレストランで昼食になりました。料理は好評でした。ワインが無料で2杯まで飲めるというサービスがあり、私は、頑張って2杯を飲み干しました。私の隣りで食事をしていたNさんも頑張ってワイングラスを空けました。その時、私はNさんに話しかけましたが返事がありません。

Nさんの顔面は汗でびっしょり濡れていました。よだれも出ていたのです。レストランの従業員にティッシュペーパーとタオルをお願いしました。今度は、あくびが頻繁に出ます。腕の硬直もありました。典型的な一過性脳虚血発作です。

救急車を呼ぶことにしました。

10分したころ、救急車が到着しました。救急車が到着したとき、Nさんが覚醒しました。覚醒すると、ケロッとして何事があったのかという顔です。結局、病院には行かず大宮駅まで付き添って、後は、自力で帰宅しました。

Nさんは今年71歳になりました。私より10歳も後輩です。長年、大手百貨店に勤務しましたが、定年後は、愛知大学同窓会に乞われて学生の東京圏での就活支援に当たりました。驚くほどの広範な知識で学生の就職を支援しました。

Nさんは、武蔵嵐山駅から大宮駅までの間、私に一過性脳虚血に関するいろいろな質問をしました。Nさんは、今までに2回、今回と同じ発作を経験したそうです。テニス愛好家であることも知りました。

降圧薬を服用しているので飲酒は控えること、頸動脈エコー検査で動脈硬化の程度を調べておくこと、不整脈があるか無いか調べておくこと、テニスプレー中は無理をしてボールを追いかけないこと、筋トレとストレッチングに励むこと、定期的に主治医と情報交換して健康管理を怠らないことなど話し合いました。

一過性脳虚血発作を経験した人の中には、この発作を大したことはないと軽んずる人たちがいます。一方で、この発作を正しく認識して、予後の管理に真面目に取り組む人たちもいます。一つしかない命、正しく認識して予後に取り組みたいものです。

後日、思い出して、脳血管・心血管など血管障害の予防には握力の強化が一番大切なので、ハンドグリップで握力強化することをお勧めするショートメールを発信しておきました。ついでに、「詳しくは、ネットで調べて下さい」と追伸しました。

中高年シニアは、皆さん、健康には関心があるはずです。今では、病気に関してネットで多くの情報が発信されています。私たちは、病気に関する教養として或いは常識として、いつでも情報を入手して健康管理に役立てることができるのです。

適切な健康管理を知らずして生活するのは不安なものです。適切な健康管理を理解して対策を行う日常は、安心感とともに生活そのものが楽しくなるのです。

高齢シニアの晩年を苦しめる腰痛とひざ痛

厚労省の調査によれば、2015年、全国の腰痛有病者は2800万人だったそうです。意外だったのは、腰椎の異常やぎっくり腰など原因が分かっている腰痛は15%で、あとの85%は原因不明の腰痛だったそうです。

日常的な不適切な姿勢や運動不足、ぺたぺた歩きなどによる下半身筋力の低下などいろいろな原因で腰痛が起きるそうです。患者にとっても医師にとっても、腰痛の原因が不明なのでどのような治療をしたら良いか分からないことが多いのです。

そこで、腰痛の名医が登場するわけですが、そのような名医はどこの地域にもいるわけではありません。患者は近くの整形外科クリニックを受診することになります。

地域の整形外科クリニックでも判らないものは判らないのです。鎮痛薬を処方したり、赤外線を当てたり、点滴をしたりして病態の経過観察をします。治療効果がなくて、患者が長く通ってくれればそれなりに収入を確保することができます。

私の地域には、「神経ブロック注射をしましょう」といって手軽にお尻に注射をすることで有名な整形外科クリニックがあります。神経ブロック注射は高い技術を必要とします。麻酔科以外の医師が神経ブロック療法をする場合、かつては、一定の麻酔科の研修を受けて麻酔科標榜医を取得する必要がありました。

今では、学会で決められた神経ブロック療法のインストラクター有資格者から、一定の研修を受けた医師が神経ブロック療法を行うことができます。

神経ブロック注射をする場合、例えば、痛みの原因になっている脊椎骨の圧迫神経の位置をＣＴやＭＲＩ或いはレントゲンで確認し、慎重に薬液をターゲットに投与するのが普通です。このクリニックの院長はどんな患者にもお尻に注射するそうです。

腰痛患者は、治療を続けても期待に反してなかなか効果が得られません。そこで、整体院や鍼灸治療院にも期待の目が向けられます。健康保険適用の施設もありますが、適用を受けないで施術する施設もあります。保険適用を受けない施設の施療費は高額になります。痛みに耐えかねた腰痛患者が施療院にすがることも多いのです。

アメリカでは、一時、東洋医学ブームがありました。今では、医学部に東洋医学コースを設ける大学もあって、腰痛や癌の疼痛に鍼灸治療が実際に行われています。日本でも、もっと東洋医学を活用すべきだと思います。

私は、腰痛の予防と寛解には伸膝前屈、開脚前屈、腰の捻転などのストレッチングが最も効果的だと考えています。真向法第2体操と第3体操に加えて座って捻転、立って捻転のストレッチングです。下半身の筋力強化をすればさらに効果的です。

整形外科医の中にも、腰痛の予防と治療には、ストレッチングが最も効果的だとの見解を発信している医師もいます。令和4年4月、NHKの「あしたが変わるトリセツショー」の第1回・第2回放送『血管のトリセツ』での「ストレッチングが毛細血管を若返らせる」という知見も後押ししています。

先日、長いお付き合いが続いている医学部元教授の2人と食事をする機会がありました。そのうちの1人が、変形性腰椎症による腰痛持ちでその話題になりました。腰痛の元教授の先輩元教授は、「なんだかんだといっても、腰痛にはストレッチングが一番だよ！」といっていたのが印象的でした。

私の現役時代、ゴルフ仲間に腰痛患者が何人かいました。皆さん、口をそろえて「歩くこととお風呂で体を温めることが腰痛改善には一番！」といっていました。温泉もいいですがゴルフの後のお風呂もいいのです。歩いて下半身を鍛えることが良いことも分かります。但し、本当は、腰痛にはゴルフは良いとはいえません。

腰痛の中でも、腰椎に原因があって神経根が圧迫されることによって生ずる激烈な痛みには、ボルトなど金具を使って矯正する脊椎外科手術があります。骨密度が基準以上に保たれていれば手術適応になりますが、高齢シニアの場合は、骨密度が低下していて手術適応にならないことも多いのです。高齢シニアには、脊椎外科領域でも主流になっている治療法は手術以外の保存療法です。

40数年前、椎間板ヘルニアの手術が大流行しました。千葉大学医学部の整形外科教室井上俊一郎教授が手術法を開発して一大ブームを起こしていたのです。慶応大学の池田教授も、脊椎の前方侵襲法を開発して千葉大学に対抗していました。

椎間板ヘルニア手術の一大ブームは、時間の経過とともに終息を迎えました。多くの症例で自然寛解することが解ってきたのです。今では、整形外科学会でも手術をしない保存療法が治療指針になりました。

医学の世界ではこのような事例は結構多いのです。昨日までの治療指針が否定され変更されるということが繰り返されてきました。整形外科学会では、近年、小児の股関節症の治療法に大きな変更がありました。

椎間板ヘルニアではありませんが、私には変形性頸椎症があります。2～3年の間隔で腕や肩、背中に激烈な痛みが襲います。1～2ヶ月、痛みを我慢してやり過ごしているうちに自然寛解するのです。どんな強力な鎮痛薬も効果がありません。

変形性頸椎症でも手術があります。私の知人も手術を受けましたが、手術の予後が悪く、かえって手術前よりＱＯＬ（生活の質）が悪くなりました。術後、首のまわりをガードする器具で固定してロボットのようになりました。

それで、私は手術をしないで頑張っているのです。

私は、腰痛を経験したことはありませんが、膝関節症を患ったので腰痛のつらさが良く解ります。全ての行動に制限を受けます。やりたいことの半分も出来ないのです。団体旅行も、歩く場面ではバスの中で待機です。

２０１５年の厚労省の調査によれば、自覚症を有する変形性膝関節症患者は、約１０００万人、潜在的な患者は約３０００万人だそうです。外股歩きや胡坐座り、運動不足による下半身筋力の低下などによって潜在的な膝関節症が顕在化するのです。

変形性膝関節症は、歩くことによって内側の膝関節に激しい痛みを発症します。悲しくて辛い痛みです。雨が降る前の重苦しい痛みは暗い痛みです。冬の寒い日の刺すような痛みは絶望を感じる痛みです。

変形性膝関節症が進んで関節軟骨の変形が著しくなると、夜間痛といって、夜間の安静時に強い痛みで苦しむようになります。夜間痛がひどくなると手術の適応になります。膝関節をセラミックスや金属でできた人工の関節に取り換えるのです。

高齢シニアが、辛い晩年を過ごすことになる一番の原因が腰痛とひざ痛です。腰痛には、温める、下半身を鍛える、伸膝前屈・開脚前屈などのストレッチングが有効です。変形性膝関節症の場合は、最終的には手術があります。今では、優れたロボット手術支援システムが開発されて飛躍的に技術が向上しました。予め、「ロボテックアームＭＡＫＯ」で手術できる病院を確認しておけば安心です。しかし、ひざのストレッチングで寛解した例も多いのです。真向法の第４体操がお勧めです。

高齢期の体重減少

81歳（2022年）の夏、私の体重が目に見えて減少しました。それ迄の私は、太る体質で体重管理には苦労してきたのです。それが、1ヶ月の間に1kg以上痩せました。「フレイル」という言葉が頭に浮かんで心配になりました。

この年の春、私の基準体重をそれまでの59kgから58・5kgに下げました。1年間で0・5kg、3年間で1・5kg下げたことになります。ところが、7月の猛暑が始まると58kgをも大きく下回るようになり、食事量を増やしても58kgを大幅に下回ります。フレイルに陥らないために食事量を更に増やしました。

朝は、いつもの玄米炊き込みご飯に切り餅1個を追加し、昼は、普段の食事にパン1個とバナナ・蜜柑などフルーツを追加し、夜はスーパーのおにぎりを追加して摂取カロリーを増しました。更に、週2回、外食して高カロリー食を注文しました。

私は太る体質だったので、壮年期の体重管理には苦労しました。その体質は、80歳になっても変わらず、体重管理は私の健康管理の最大の課題でした。毎朝、起床直後の空腹時体重測定をして、その日一日の食事の量を決めていたのです。

人生の半分は、食事制限という戦いだったのが、この夏、急に体重減少という今迄経験のない事態に陥りました。食事の量を増やすのは特に苦痛はありませんが、血糖値の上昇が気になります。主治医にその旨を報告して血糖検査をしてもらいました。

60代にリウマチが再発して、プレドニゾロン1㎎を1年半にわたって服用し、その副作用で糖尿病になっていました。それ以来、糖尿病治療薬を服用しています。

この年9月1日の血糖検査は、ヘモグロビンA1c値が8・5に上昇していました。この1年間の値は6・6前後で、設定した基準値7・0の範囲内だったのです。

この夏、日本は記録的な猛暑に見舞われました。世界各地も記録的な猛暑の夏となり、オーストラリアや欧米などで高温による山林火災が頻発しました。気象庁は、6月27日、関東地方の梅雨明けを宣言しました。異常気象です。例年ならば、7月20日前後が梅雨明け宣言です。この夏は関東でも記録的な猛暑になりました。

猛暑と私の体重減少との関係はあるのでしょうか？　体力の消耗という点からはありそうな話です。しかし、今までは経験したことがありません。例年は、暑い夏の時期には体重増加傾向にありました。暑いので運動量が不足するからだと思います。

今、私の体内でどんな変化が起きているのか、専門医に相談してみました。10月31日の血糖値は、ヘモグロビンＡ１ｃ値が７・８でした。やはり、少し高目です。もちろん、糖尿病薬は服用しています。インシュリン分泌能も十分余裕があるとのことでした。その他の検査値も問題ありません。ただ、食事量を多めにしていても、体重は58kgを下回ります。この時点でのＢＭＩ値は23・５未満でした。

私は、かねてから、ＢＭＩ値は23・５を切らないことを前提に徐々に減量してきました。高齢シニアには「ちょい太」が理想だと思っているからです。58kgでは、ギリギリで後がありません。少し余裕がある58・５kgで維持したかったのです。その後も、58・５kgに近づけるように食事量を多めにコントロールしました。

体重は思ったようには増えませんが、その後の経過を見てみますと、12月のヘモグロビンＡ１ｃ値は７・２、その後７・０になり、食事量を多めにしていても血糖値が安定することが解りました。体が食事習慣に順応したのです。

私は、81歳になったこの年、体重減少という今まで経験したことがない事態に陥りました。以前から行き過ぎた体重減少は、高齢期の健康には問題があると考えていたので、血糖管理より体重管理を優先してこの事態に対応しました。

このことが、正解だったか不正解だったかは数年後に判断したいと思っています。

高齢シニアのパンツ事件

きたない話になりますが、これは私たち高齢シニアにとって深刻な現実問題なので、是非、書き残しておきたいと決意しました。

私は、子供のころ、父親に「早やメシ・早や〇〇芸のうち」といわれて、食事とトイレは早く済ませることを心がけていました。子供のころは、6歳上の兄よりも早かったのです。それが私の自慢でした。この習慣がその後も続きました。

早やメシは、60歳をすぎてから健康に良くないと自覚して改めました。20回、30回と咀嚼する努力を続けて、今では、ゆっくりと食事をすることが身に付きました。しかし、早や〇〇の習慣は、特に何も意識しないまま続いていたのです。

ある日、下着に少量の〇〇が付着していることに気が付きました。家内に気づかれないように、つまみ洗いをしてドライヤーで乾かしました。初めは、おならのせいだろうと思い、今後はおならをするときは静かにしようと決心しました。しかし、それにも拘らずその後も、しばしば、下着に〇〇が付着する事件が続いたのです。

排便時には、排便中枢に刺激が伝わって副交感神経が刺激され、反射的に直腸平滑筋が収縮して内肛門括約筋が弛緩します。それと同時に、随意筋の外肛門括約筋が弛緩して排便が行われます。通常、固形状の大腸内容物は、下行結腸からS状結腸内に停滞しており、直腸内には糞塊はなく空っぽです。

若いころは、腸全体の反射機能が高く、排便が終わると直腸に残された糞塊も反射的にS状結腸にもどって直腸内は空っぽになります。また、意識的に排便を調節する外肛門括約筋は、これもストップ機能がしっかりしています。

それが、加齢とともに排便後の反射が鈍くなって、一定時間、直腸内に少量の糞塊が残ったままになります。さらに、外肛門括約筋の働きが鈍くなって、いわゆる「締まり」が悪くなって、咳とか場合によっては気の緩みによってパンツに少量の○○が付着することになるのです。それが私の排便後に起きていたことになります。

このような排便トラブルは、私に限った問題ではありません。高齢シニアの誰にでも起こり得る問題なのです。解決策を考えなければなりません。直腸内の残存糞塊を如何にしてS状結腸に送りもどすかです。冷静に考える必要があります。

私たちは、若いころからの習慣で、排便後、直ちにおしりを洗浄してトイレを後にします。トイレに長居は無用だと思っています。若いころはそれで良かったのですが、高齢シニアになった今、このことが問題だったのです。

排便後の反射機能の衰えを如何にしてカバーするかです。排便後のトイレ滞在時間を延長する必要があると考えました。３分間延長することにしたらどうか？　否、５分間は延長しよう！　と、何回も試してみました。その結果、気分的にも５分が効果的だという結論になりました。気分的に落ち着くのです。

この努力が功を奏して、その後は、パンツ事件から解放されました。高齢シニアの身体機能の衰えは、こんなところにも影を落としていたのです。

このパンツ事件は、主に男性の高齢シニアに起きる事件かも知れません。一方で女性シニアには、尿漏れという女性特有のパンツ事件があります。尿漏れについては、テレビでも頻繁に「尿漏れパッド」製品のコマーシャルが流されているように、恥ずかしい事件ではなく女性の生理現象として国民的理解が得られています。

女性の泌尿器構造が、尿漏れを起しやすくしているのです。また、糞便には稀に病原性大腸菌の問題がありますが、尿は、完全な無菌排泄物なのでイメージ的にも受け入れられやすいのかも知れません。

女性シニアの尿漏れ対策には、尿漏れパッドだけでなくインナーマッスル強化エクササイズがあります。もちろん、インナーマッスルを鍛えることは、尿漏れだけではなく正しい姿勢を保つことで美容と健康増進に役立っています。

世界的に有名なのはピラティスです。ピラティスは有名なので、ここでは説明する必要もないと思いますが、芸能人をはじめ多くの一般女性が行っています。ピラティスが高齢シニアの健康に寄与していることはいうまでもありません。

私もエクササイズに参加してみましたが、ピラティスは男性のパンツ事件対策にも有効だと思いました。

私の老々介護

老々介護というのは他人のことだと思っていました。それが、突然、私たちの身に降りかかったのです。令和3年、家内が77歳の秋、突然、左太腿と左腰に強いしびれと痛みが襲いました。病状は、時間の経過とともに悪化して、令和4年の春には歩行困難になりました。そして、その年の秋には要介護1になったのです。

数年前に腰椎の圧迫骨折を起こしていました。

ボーリング中に違和感を覚えて、近くの整形外科クリニックで診断を受けたそうです。家内は、このことを私に話しませんでした。その時は、痛みなどの症状が無かったので、特別、圧迫骨折の治療も受けていなかったのです。その腰椎の圧迫骨折が、時間を経て腰椎の変形をひき起こし神経根を圧迫したのです。

家内は、子供のころから足腰が強くて運動系には自信がありました。小中学校時代は、運動会の徒競走ではいつもトップを競いました。中学時代には体操部に入部して私の部活の後輩という関係です。60歳を過ぎてからの趣味はボーリングでした。腰椎の圧迫骨折はボーリングクラブの活動中に起きたようです。

家内は、唯一、心臓に問題を抱えていました。若いころ、心嚢に水が溜まるという病気を抱えていたのです。しかし、この問題は何事もなく経過していました。

健康維持のため、街の「カーブス」に通って健康トレーニングにも余念がありませんでした。骨を強化するという健康食品も長年服用しています。牛乳もお水がわりによく飲んでいました。骨粗鬆症の予防には熱心に取り組んでいたのです。

私は、中学時代に体操部の練習でひざを痛めました。その後遺症は、就職したゼリア新薬のコンドロイチンのお陰で緩解していましたが、65歳ころに再発しました。変形性膝関節症です。再発してからの家の力仕事は家内が引き受けてくれていました。その家内が歩行困難になったのです。まさに青天の霹靂でした。

次の年の夏、家内の腰は折れ曲がって老婆のようになりました。姿勢によって、神経根を圧迫して激痛が走るのでトイレも食事も介助が必要になりました。腰椎の変形は、大腸の自律神経叢にも影響するので、度々、排尿・排便トラブルを起こします。あの気丈な家内が別人のようになりました。

起きている時間帯の半分は激痛が走って悲鳴を上げるので、ベッドに横たわる時間が長くなりました。家内は、このような生活をしていては体の機能が衰えてしまうと、無理を承知で食器の洗い物など家事をしてまた病状を悪化させました。

動くのも困難になり、救急車を要請して安静入院できる病院を探してもらいました。しかし、コロナ禍による医療のひっ迫で入院先が見つかりません。4時間も病院探しをして頂きましたが、結局、適切な入院先が見つかることはありませんでした。

ロキソニンとトラムセット（ともにそのジェネリック医薬品）という強力な鎮痛薬が処方されましたが、この痛みには全く効果はなく、副作用として巨大な十二指腸潰瘍を発症して近くの病院に入院する始末です。

鎮痛薬処方には、胃・十二指腸潰瘍予防のために胃薬が処方されるべきですがそれがありませんでした。然るべくして、巨大な十二指腸潰瘍を発症したわけです。これをきっかけに、腰痛の診療を入院した病院の整形外科に変更しました。入院先の病院の紹介で、ある大学病院で手術を検討して頂きましたが、骨が弱くなっていて手術は無理だということになりました。週2回、テリボン皮下注射薬（骨粗鬆症治療薬）を自己注射して骨の様子を経過観察することになりました。

一番恐れたのは夫婦共倒れでした。

私は、4年前に変形性右膝関節症の人工関節置換術を受けていました。ところが、右ひざの手術を受けた後、今度は、反対の左ひざが痛むようになりました。左ひざにも潜在性の関節症があって、これが顕在化して変形性膝関節症を発症したのです。

それ以前に、60歳を過ぎて変形性頸椎症の症状がでるようになりました。27歳の札幌勤務時代に激しい追突事故を受けていました。その後遺症と加齢による変形が加わって、顕著な変形性頸椎症になっていたのです。

痛みは年々ひどくなり、70代には、肩と背中に激烈なしびれと痛みが襲うようになりました。この痛みにはどんな強力な鎮痛薬も効果がありません。この痛みの発作は、2

～3年に一度の間隔で1～2ヶ月間続きます。

この激烈な痛みが起きている間は何もする気がおきません。背骨を伸ばし腰骨を立てて、十数秒間続く激痛を1～2ヶ月間我慢してやり過ごしているうちに自然緩解するのです。今でも、時々、首筋が強く張るという発作の予兆がでます。

私が、家内と同じ痛みで、家内の面倒を見ることができなくなったらという恐怖感が襲います。夫婦共倒れです。この先、私たち夫婦の生活はどうなってしまうのかと心が沈んで、夜もまんじりとして眠れない日が続きました。

私が通っている理髪店のマスターが、散髪が終わった後に首、肩、背中などのマッサージをしてくれます。つい最近のことですが、このマッサージをするとそのあと数日間は首の張りが消えてすっきりすることに気が付きました。

これだ！　と思い、知り合いのマッサージ治療院でこの話を説明して首筋と肩、背中を中心に、週1回の施術を受けることにしました。2ヶ月、この施術を続けました。期待した通り、それまでたびたび感じた首の強い張りが消えたのです。

日頃は唯我独尊の生活をしていた次女が、次第に家内の面倒を見るようになりました。やはり、男の私より気遣いが行き届くので家内も喜んでいます。

家内の介護で一番困ったのは病院への通院です。令和4年6月までは、私の車で通院して、病院に着いた後は病院の車いすを借りて診療を受けていました。その年の7月になると、座るという姿勢が痛みを誘発するようになりました。

圧迫骨折部位に変化が生じて、新しい部位の神経根圧迫によって痛む場所が変わったのです。しびれと痛みの場所が、反対側の右側になりました。車で座るのも車いすに座るのも、腰椎の別の神経根を圧迫して激痛が起きるのです。

地元の区役所に、要介護認定の相談をしました。外来診療に、介護タクシーのストレッチャー搬送を利用する必要性が生じたからです。介護タクシー料金は驚くほど高価格で、2㎞ほどの病院までの往復に1万3000円もかかります。

その後、3ヶ月たって要介護1の認定がおりて、介護タクシーが使えることになりました。ところが、そのころになると痛む部位が反対側の左足に変わりました。以前に戻った訳です。それで、介護タクシーが必要なくなりました。

下肢の痛みが発症して14ヶ月が過ぎたころ、2、3分間立って歩けるようになりました。テリボン自己注射（骨粗鬆症治療薬）の効果も手伝って、骨密度強化のために立つことを心掛けてきた効果があったのかも知れません。

日ごとに歩く時間が増えました。3分が4分になり、4分が5分になりました。調子の良いときは、台所の片付け仕事や室内の掃除もできるようになりました。

しかし、必ずしも快方に向かっているわけではなく、「良くなるかと思うとまた悪くなる」一進一退を繰り返すのです。相変わらず、何かする度に激しい痛みが襲います。痛みを堪える家内のうめき声が日常的に聞こえます。この年の年賀状には、日頃親しくしている友人に「老々介護も他人事ではなくなりました」と添え書きしました。

家内の病状が回復しないと覚悟して、最悪の状況をも受け入れなければならないという心境になっていました。可能な限り老々介護をしようと決心したのです。

幸いにも、私は、今のところ内科的には特に心配な病気はありません。首とひざの痛みには、マッサージ施療と毎日続けているひざのストレッチングが効果的です。一日おきですがウオーキングも続けています。

共倒れを防ぐため、今後は、益々、健康トレーニングに励むようにしよう。とにかく、頑張れるだけ頑張ってみようと考えるようになりました。何れ、それが叶わなくなったときは、二人一緒に介護を受ければいいと覚悟を決めたのです。

私が家内の病状をいくら心配しても、家内の病状が良くなるわけではありません。私の健康を保ち、家内が安心できる状況を作ることこそが必要なのです。少しでも長く、私が心身ともに健康でいなければならないと改めて覚悟しました。

今、日本国内には、５００万人を超える要介護認定者が生活しています。施設介護を受けている人たちも多数います。しかし、要介護認定者のうち60％ほどの人たちが、私たちと同じように老々介護生活を余儀なくされているそうです。さらに、30％を超える人たちが75歳以上の老老介護だというのです。

介護の統計を見ると、介護を受ける要介護者は圧倒的に女性が多いことに気が付きます。女性は、男性より長生きなので当然といえば当然ですが、老々介護では、高齢女性が高齢の子供に介護されるケースが多いのです。

連れ合いが妻を介護するという我が家のケースは少数派といえます。妻にとっては、子供よりは連れ合いに介護される方が気持ちも楽だと思います。母親は、いつも、子供に迷惑を掛けたくないと思っているからです。その意味で、私は、家内にとって有難い夫です。より長く、有難い夫でいなければならないと改めて思いました。

八十の坂は喜怒哀楽とともに

5年ほど前、高校時代の同級生堀場氏から「七十の坂を上るのは大変です。高血圧症に加えて糖尿病を抱えることになったので水泳を始めました」とメールが届きました。彼は、高校時代には母校の柔道部で活躍した猛者です。その後、水泳などのトレーニングを頑張ったので、堀場氏の血圧も血糖値も正常値に戻りました。生活習慣病には、運動が何よりも効果的だということが分かります。

世間には、「七十の坂を上る」という言葉があります。私の場合、七十の坂を上るという意識がないまま、一昨年、80歳を迎えました。首とひざには問題がありますが、内科的には健康だったので七十の坂という言葉も意識していませんでした。

近年、日本人の平均寿命が延びて男性も女性も80歳を超えました。これは、ピリオド平均寿命ですが、コーホート平均寿命でいえば88歳を超えているとも考えられます。一時代に比べれば、七十の坂を上るという認識は薄くなりました。

私の家内は、体が強くてこれまで健康には大きな問題はありませんでした。それが79歳の今、腰椎の圧迫骨折のために歩行が困難になり要介護1です。丁度、この原稿を書いている時期でした。家内にとっては七十の坂は厳しい坂になりました。

私は、令和4年の誕生日を以って81歳になりました。これからは、如何なるビジョンで八十の坂を上るか考えることにしました。しかし、なかなか良いビジョンが浮かびません。如何に高齢シニアらしい晩年人生を生きるかです。

家内の介護生活をサポートするためにも、私の健康は今まで以上に重要になりました。彼女の晩年人生は、私の健康にかかっているからです。

今迄の私は、「青春の心を持って何かに熱中して生きる」ことを生活ビジョンの基本にしてきました。つまり、「挑戦するものがある」「熱中するものがある」「生きがいがある」ことの一つでも二つでも生活の中で取り組むことです。

しかし、もう少し、80代に相応しいビジョンがあるのではないかと更に思案をめぐらしました。一瞬、喜怒哀楽という言葉が頭に浮かびました。高齢シニアには、感情豊かに生きることが望ましいのではないかと思ったのです。

最近の私は、「喜怒哀楽」の感性が低下していると感じていました。「喜怒哀楽」を回復しよう！　日常生活の中で、喜怒哀楽の感性を大切にしないと人間らしさを失ってしまうのではないかと思いました。

80代の高齢シニアの基本的な課題は、第一に身体機能の衰えをできる限り阻止すること、第二に認知機能の衰えを予防することです。これに加えて、第三に「喜怒哀楽」の感性を回復することを新しくビジョンに掲げたらどうかと考えました。

前の項でも触れましたが、令和4年4月、NHKテレビで「あしたが変わるトリセツショー」『血管のトリセツ』という番組が放映されました。ストレッチングは血管を伸ばして毛細血管の若返りをはかり、健康長寿に大きく寄与しているというのです。これは朗報でした。私は、身体機能の衰えに抗うため、60歳のころから早朝1時間のストレッチングと筋トレを休むことなく続けてきました。

病気の多い私が、今も、年齢以上に元気なのは20年来続けている筋トレとストレッチングのお陰だったのです。これまでの私は、骨格系を意識してストレッチングを行ってきましたが、血管の若返りにも役立っていたという僥倖を得たのです。

2年余り前からウオーキングも始めました。そして、認知機能の老化を予防し活性化するために、70歳を過ぎてから私の人生雑記帳（エッセイ集）を書いてきました。

八十の坂を上るには、先ず、これまで通り、筋トレとストレッチング、ウオーキングを怠らず励むこと、そして、認知機能維持のために、私の人生雑記帳を継続して書き続けることを改めて決意しました。その上で、日常の中で「喜怒哀楽」を感じる生活を大切にする。これを私の「八十の坂」ビジョンに掲げようと思いました。

私にとって、野球シーズンの喜怒哀楽の「喜」は、何といっても中日ドラゴンズが勝つことです。子供のころから大の中日ファンで、昔の中日球場にはよく足を運びました。杉下投手や江藤選手などの目覚ましい活躍に欣喜雀躍したものです。

私が中日球場で観戦した中で、一番記憶に残っている選手は「小川健太郎投手」です。巨人戦でした。王選手に「背面投げ」でストライクを取って三振に打ち取りました。全く想像していなかった光景です。小川投手の振りかぶった腕と手が背中を廻って出てきたのです。たちまちファンになりました。

小川投手は、入団してからめきめきと頭角を現してエースになりました。風貌も男らしいハンサムボーイでスター性がありました。残念なことに、後に、モーターボートか何かの八百長事件に関連して野球界から姿を消しました。本当に残念でした！

その後の中日は、負けることが多く「悲哀」の日が多くなりました。札幌赴任中は、新聞での情報が頼りでしたが、東京に転勤してからは巨人戦やヤクルト戦では、度々、今の東京ドームや神宮球場に足を運んで応援しました。大抵は負けることが多く、意気消沈して帰ることの方が多かったのです。

後々、落合監督時代に中日ドラゴンズの黄金時代がありました。そのころ、私は長年勤めた製薬会社を退社して薬局事業会社を創業していました。毎日がスケジュールに追われて忙しく、新規店舗の営業開発に取り組んでいました。

中日ドラゴンズが勝利したというニュースは、喜びとともに仕事の疲れを癒してくれました。中日が勝利して嬉しかったのですが、試合結果だけを見て喜んでいたので、あの当時の選手の名前は一部の主力選手を除いて殆ど覚えていないのです。

ある高齢の映画俳優が、「スポーツには、どんな映画やテレビドラマにも勝るドラマ性がある。シナリオのないドラマだ。どんなに優れた映画作品もスポーツには敵わない」といっていた言葉を思い出します。野球チームのファンになると、どうしても勝敗にこだわります。今後は、試合内容にも興味を持ちたいと思います。

今では、中日が負けることに寛容になりました。自分の中では、勝って大いに喜び、負けて次に期待して負けを忘れるという心境です。勝ったときは今までに増して喜びが大きくなりました。恐らく、阪神ファンもこの心境だと思います。この年になって、今更、贔屓のチームを変えるわけにはいきません。

子供のころの名古屋界隈では、巨人ファンは少数派だったという印象がありますが阪神ファンは多かった記憶があります。6歳年上の兄は大の阪神ファンでした。今、東京に住んでいる中学時代の同級生にも極め付きの虎キチがいます。

今年は、阪神タイガースが開幕から連敗を重ね5月末現在最下位です。同級生のS君のメールには、「今年の春は寒いです」「もともと矢野監督が嫌いだった。矢野監督を辞めさせろ！」とうるさいです。矢野監督は、その昔、中日の捕手だったのです。

阪神タイガースは、その後頑張って見事にリーグ3位に勝ち上がり、この年のクライマックスシリーズではリーグ2位の横浜を打ち破って下克上を果たしました。

国内のプロ野球ではありませんが、アメリカでの大谷翔平選手には日本国民すべてが熱い視線を送っています。二刀流大谷選手のけた外れの大活躍に、日本国民すべてが欣喜雀躍して明日の活力をもらっているのです。有難う！　大谷選手！

喜怒哀楽の「怒」の多くは、社会の中にあります。

民主主義を軽視した政治や民主主義を忘れた政治家の言動です。さらに、いつの時代にも多いのが堕落した政治家たちの不祥事です。これ等に強く「怒」を感じるのは、孫やひ孫の時代の日本を心配するからです。高齢シニアは、子々孫々が幸せに暮らせる日本をつよく願っているのです。

久しぶりに、リベラル派宏池会の岸田内閣が誕生して多くの国民は期待したと思います。ところが、第二次岸田改造内閣発足早々、閣僚の不祥事が発覚して次々と辞任という事態に陥りました。自民党には、最早、人材が枯渇したのでしょうか？

令和5年2月12日夜、テレビでは「ポツンと一軒家」が放映されました。今回は、趣向を変えてポツンと一軒家ではありませんが、千葉県房総半島の海の近くにある集落で暮らす91歳の黒川洋子さんです。集落の自宅から山の畑の農作業をするため、颯爽とオートバイで通っているお元気な高齢シニアを取材していました。

洋子おばあちゃんは、毎日、二紙の新聞を隅から隅まで読んでいて政治には関心があるというので、捜索スタッフが「今の政治をどう思いますか？」と質問しました。洋子おばあちゃんは、「今の政治家は、クソ議員ばかりだわ！」と義憤をもって答えました。今の政治は、91歳の高齢シニアにもこのように映っているのです。

令和4年に表沙汰になった、旧統一教会と政治家の癒着ぶりには国民の大多数が「怒」を表明しました。旧統一教会については、30数年も前から問題になっていたのです。米国では、教祖文鮮明に有罪判決が確定して監獄に収監されていました。

同じころ、日本では寄付金の強要や霊感商法が横行しました。宗教二世の問題も取り上げられていました。弁護士団体をはじめ一部のジャーナリストたちがこの問題を追及していたのです。政治家が知らないはずがありません。

旧統一教会は、岸信介氏、安倍晋太郎氏、安倍晋三氏という保守系右派の安倍家三代にわたって蜜月を続けました。教祖文鮮明は、植民地時代の日本統治を根に持つ反日家で、その償いをさせるとして日本人から教団活動資金の収奪を続けました。教団は、その犯罪活動から身を守るための手段として政治家に接近したのです。

今回、自民党安倍派を中心に多くの国会議員が旧統一教会の支援を受けて議席を得ました。民主主義の基本ともいえる選挙が汚されたのです。これで、民主主義政治が行われるはずはありません。もう一度、総選挙をやり直すべきです。

お金を巡る犯罪が、東京オリ・パラにまで及んだことに驚きました。

大会組織委員会元理事・高橋治之容疑者のみならず、電通本体が自社の利益を優先して悪事を働いたのです。組織委員会も片棒を担いだことが明らかになりました。久しく、オリンピックの商業至上主義が指摘されてきましたが、そろそろ、オリンピックを廃止する時期にきているのではないでしょうか？

喜怒哀楽の「哀」は、シニアが最も日常的に感じる感情です。80を過ぎたシニアは、年とともに衰える認知機能や身体機能に抗いきれない哀しさを抱いています。家を出ても必ず一度は戻ります。何か一つは忘れ物をするからです。メガネやケータイも一日に一度はどこに置いたか忘れて探し回ります。視力も運転免許更新ぎりぎりです。

さらに、贔屓の野球チームが負ければ哀しい日常に追い打ちをかけます。年齢を重ねれば、何かにつけて哀しい時間が増えるのです。

だからこそ、私たちには「楽」が必要なのです。貝原益軒先生は、「長生きすれば、知識も知恵も多く楽しみ多く益が多い。だから、60才以上（今の80才以上か）の寿の世界に入って人生を長く保つべきだ」と述べています。益軒先生は、80歳以上の人生には楽しみ多く益が多いのだから長生きせよといっているのです。

私の街には、私たちの「健康長寿館」や市立の大きな公民館があり、多数の趣味の会や健康クラブの会が開かれています。私は、「健康麻雀クラブ」と「カラオケクラブ」「歌ごえ広場（みんなで斉唱）」さらに、「真向法クラブ」に参加しています。

健康麻雀クラブは、私の日常で一番神経を集中する時間です。まず、ゲームの進行の妨げにならないように、捨て牌の選択などに神経を集中します。そして、ポン！　チーロン！　を見逃さないようにさらに神経を集中します。健康麻雀は、ゲームとして楽しいだけでなく、年とともに衰える集中力の機能訓練にもなっているのです。

新しく、麻雀仲間という友達もたくさんできました。私たちの健康麻雀クラブは、午後1時～4時までの3時間の活動です。3時間の活動というのが、体力的にも疲れなくてシニアに向いています。その日の組み合わせは抽選で決めます。麻雀は、性格が出るのでシニア同士のお付き合いという社会性のトレーニングにもなっているのです。

麻雀は密の回避が無理なので、新型コロナ禍期間中は「麻雀シールド」という設備を購入して活動を続けました。そのお陰で、コロナ感染者は一人も出しませんでした。もちろん、そのほかのクラブも感染者は出していません。

2年もの間、新型コロナ禍で、唯一、お休みした「歌ごえ広場」と「カラオケクラブ」の仲間が4人も要介護になりました。そのうちの一人は要介護5です。歌を唄うことは、これも楽しいだけではなく健康維持に大きく寄与していたのです。

私は、若いころからダンスとカラオケが一番の趣味でした。80歳を過ぎて、尚、ダンスにこだわるつもりはありませんが、カラオケで歌うことはこれからも続けたいと思っていました。ところが、2年間歌わなかったら声がかすれてほとんど歌うことができなくなったのです。今は、声を取り戻すべく発声練習に励んでいます。

高齢シニアの趣味の会には、勿論、「楽しさ」がありますが、健康維持にも大きく役立っていると思うとその「楽しさ」が何倍にもなります。健康に良いと信じる食べ物がよりおいしく感じるのと同じです。

私は、20年来、玄米を炊飯して食べていますが今では美味しく頂いています。玄米に、すりごま、もち麦、塩昆布、乾燥小エビ、乾燥ヒジキ、寒天パウダー、クルミ、梅干しなどを入れて「炊き込み」にセットして炊飯するのです。1食180g、タッパーウェアに詰めて冷凍して保存しています。

毎月、第三水曜日には読書会にも参加しています。終わった後、1時間ほどの飲み会をするのですがこれが楽しいのです。忙しい時間の合間には、私のエッセイ集の原稿を書き溜めます。これが私の楽しい生活の隙間を埋めてくれています。

長年の習慣になった朝のストレッチングと筋トレは、一日のウオーミングアップとして、健康トレーニングとして生活の一部になりました。ストレッチングは、今では、若返りの血管運動としても意識しながら行っています。

夕方のウオーキングも継続しています。一日の良い気分転換になります。ウオーキング中は、ただ歩くのではなくウオーキングフォームを自己チェックしながら歩きます。正しい歩き方をするとウオーキングの疲れを感じません。

特に忘れがちなのが、「かかとで着地して足指で送る」動作です。足で地面をつかむ感覚で、足指に力を入れて歩きます。外反母趾がある私は、この動作を忘れると疲れるだけでなく足首や足の甲に痛みが生じます。

以前は、少し歩いただけで息切れしました。私には軽度の間質性肺炎（肺が固くなる病気）があります。55歳のとき、リウマチを発症しました。間質性肺炎は、リウマチの治療薬メトトレキサートの副作用です。癌の患者でも、メトトレキサートや免疫抑制剤を使用すると間質性肺炎を発症することがよくあります。私の場合、年1回のＣＴ検査を受けることで経過観察中ですが、それでも、肺機能に問題があるのです。

新型コロナ感染以来、長期間にわたる不織布マスク生活も高齢シニアの肺機能低下と関係があるようです。最近の研究論文に散見されます。不織布マスクの化学繊維が、マイクロプラスチックとなって肺に蓄積すると肺機能を障害するのです。

それで、ウオーキングをしながら肺活をしようと考えました。肺活の基本は、「深く息を吸ってゆっくり息を吐く」ことですが、私の肺は、間質性肺炎のため吸息能力に問題があり、深く息を吸い込むとむせて咳き込んでしまいます。

ある日のテレビ健康番組で、私たちの肺は息を吐き切った状態でも平均54％の息が肺の中に留まっていて、呼吸機能の半分も活用されていないと解説していました。それで、肺活トレーニングをすることによって肺の呼息能力を50％以上に強化することを勧めていたのです。つまり、50％以上、息を吐き切る力です。

私には、ウオーキング中に息を深く吸う肺活は苦しくて無理だと感じていました。それで、浅く息を吸って息を吐き切る肺活を試してみました。

1回、鼻から息を吸って、口の中で1、2、3、4或いは、1、2、3、4、5と息を吐きながら数えて歩くのです。ポイントは、息を吐く分だけ吸って、後は、息を吐き切ることです。この肺活トレーニングをしながらウオーキングをすると、心なしか、楽に歩ける気がしました。

この肺活を3ヶ月ほど続けましたら、深く息を吸っても咳き込むことがなりました。私の間質性肺炎にも効果があったのでしょうか？

この健康番組のおかげで、ウオーキングをする時には、新しい肺活トレーニングを合わせて行うと良いことが実感できました。そんなことを考えたり、試したりしながらウオーキングするのも楽しみの一つです。

日曜日のテレビ番組「ポツンと一軒家」では、山奥で暮らす高齢シニアの生活や人生を紹介しています。共感することが多い番組です。

同じく、土曜日、日テレのBS番組で放映している「小さな村の物語」も共感することが多い番組です。イタリアの山間部の村で暮らす住民の生活が舞台ですが、登場する人たちの生活や考え方、人生観が日本人によく似ていて共感するのです。

月曜日の「鶴瓶の家族に乾杯」もシナリオのないドラマがあって面白いです。この3つのテレビ番組は、長年、楽しみに観ています。

これ等全てのことが「楽」につながっています。

私の生活の中では、喜怒哀楽の中で「楽」が一番多いことが分かります。貝原益軒先生は、「長生きすれば楽しみ多く益が多い」と述べていますが、反対に、「楽しみ多い生活をすれば健康で長生きする」ことにもなるのではないかと思っています。

第二章　閑話休題　私の銀座赤坂物語

昭和の時代、接待文化華やかだったころを思い出します。当時の銀座・赤坂・六本木は仕事場の一部でした。接待が時間外労働という概念もない時代で、体力的には大変でしたが今となっては楽しい思い出ばかりです。人付き合いが好きな私は、当時お付き合いしていた何人もの医師と今もなお楽しいお付き合いが続いています。

銀座では、私の現役時代に思いがけない経験をしました。偶然の出会いから、2人の銀座クラブのオーナーママと特別な関係を持ったのです。特別な関係といっても、男女関係ではありません。一人は親戚関係、一人は先輩後輩の関係です。この人の多い東京で、宝くじに当ったような幸運な出来事でした。

銀座で特別な拠点を持ったことで、仕事も有利に運んで楽しい仕事人生になりました。そして、西武ライオンズの山崎裕之選手に出会い、山崎選手のウオーキングスタイルに魅せられました。山崎選手からは、理想的なウオーキングスタイルを得たことで私の後半人生の変形性膝関節症に恩恵をもたらしました。
そして、平成に入ってバブル時代の余韻を残していた赤坂では、滅多に経験できない小説のような世界を経験しました。

前田先生とクラブ「姫」

昭和49年（1974年）、私がゼリア新薬工業のMR（医薬情報担当者）として東京大学医学部附属病院を担当した年、東京大学医学部では、第一内科の吉利和《よしとしやわら》教授の後任教授選があって昭和19年卒の織田敏次先生が教授になりました。当時の第一内科では、織田先生が率いる肝臓グループが最も大きな勢力でした。

その3年前、札幌から東京に転勤した年、東京逓信病院と大森赤十字病院、三楽病院など6病院を担当しました。中でもこの3病院は、東大病院の派遣病院だったので、東大病院を担当するに際して人脈を活用するのに大きな助けになりました。

織田教授グループは、教授になる前から東京逓信病院の一室で同門研究会「水曜会」を開催していて、私が水曜会の会場設営などの世話係をしていました。東京逓信病院の肝臓内科部長兼高《かねたか》先生が織田一門という関係だったのです。

水曜会に前田貞亮先生が参加していました。先生は織田先生の一年後輩で、元々、織田先生と同じ肝臓の研究室に所属していましたが、その後、吉利教授の腎臓研究室に転向しました。そして、前田腎臓研究所を設立して、研究所付属前田透析クリニックを経営するクリニックオーナーになりました。

前田先生は、織田教授とは昔の研究室仲間として、水曜会には毎回出席していたのです。先生は、肝臓と腎臓の専門家として、周りの人たちには「肝臓と腎臓は、肝腎要というのです」と駄じゃれ交じりの自己PRをしていました。

当時の人工透析は、大変な高額医療だったのでクリニックの中でも飛びぬけて高収益医療でした。透析ベッドを増やせば増やしただけ収益が上がるので、経営手腕に長けた透析クリニック経営者は積極的に事業拡大に乗り出していました。

前田先生は、現状に満足していたので事業拡大には興味がありませんでした。先生は毎日を楽しく過ごしていました。銀座のクラブや歌舞伎座に出入りするのを楽しみにしていたのです。先生は、特に、歌舞伎に造詣が深く歌舞伎役者の声色《こわいろ》が得意でした。お酒が入ると、度々、十三世片岡仁左衛門の声色を披露しました。

前田先生とは同じ大正11年生れながら、二年後輩の太田怜先生は清元の名手で、前田先生とは同期の穂坂博明先生は常磐津の名手という「東大第一内科芸能三羽烏」としても有名でした。この三人は、芸能を生涯の生きがいにしました。

太田怜先生は、毎年恒例の医家芸術クラブ「邦楽祭」では、昭和の時代から、清元や長唄、小唄、日舞の発表を続けています。会場は、日本橋三越劇場で私も度々足を運びました。先生は、平成16年からは医家芸術クラブの委員長を務めました。

コロナ禍直前の令和元年11月24日の邦楽祭では、お元気な姿で清元の演目を好演しました。そのとき、御年97歳と8ヶ月でした。先生は、清元など芸能に熱中して驚きの健康長寿を保っていました。先生と連絡が取れなくて、次の邦楽祭の開催について事務局にご連絡したところ、太田先生はコロナ禍の中でご逝去されていたことが分かりました。医者として稀に見る長寿を全うしました。

昭和53年（1978年）、山梨医科大学（現在、山梨大学医学部）が新設され、東大第一内科肝臓グループの実力者鈴木宏先生が第一内科教授として赴任することになりました。そして、鈴木先生の指名で、東大第一内科第八研究室（消化管研究室）の藤野雅之先生が助教授として山梨に赴任しました。鈴木宏先生は、ご自身が専門とする肝臓分野に加えて、藤野先生の消化管分野の体制強化を進めていました。

昭和55年（1980年）の夏、前田先生は、「山梨の藤野先生に会いたいのだが、山口さんも一緒に行かないか」と私を誘いました。私は、即座にオーケーしました。何の目的で行くのかは分かりませんでしたが、東大病院担当時代は、藤野先生に大変お世話になったので機会があれば会いたいと思っていたのです。

前田先生は、私が一度は乗ってみたいと憧れていた高級車、V6ターボ230馬力日産レパード3000に乗ってきました。前田先生の運転で、私たちは山梨甲府の高級ホテルに着きました。

ホテルで待っていたのは目を疑うばかりの美女でした。何処かで会ったことがあると思ったのですが、ようやく思い出しました。銀座のクラブ「姫」で会っていたのです。彼女はSさんといって、東大医学部衛生看護学科を卒業した優秀な看護師でした。Sさんの在学中、前田先生が看護学科の教官を兼任していたのです。

Sさんは、美人過ぎるために看護師の仕事を続けることができませんでした。何人もの入院患者から求婚され、東大の医師も求愛する者が多く、Sさんは美人なるが故に看護師の仕事に打ち込むことができなかったのです。そして、クラブ「姫」で働くことになりました。その時期に、前田先生とクラブ「姫」に行ったことがあったのです。前田先生は、度々、クラブ「姫」、否、Sさんを訪れていました。

そのあと、「姫」で事件が起きました。外資系企業で働くオーストラリア人が、Sさんに猛烈な求愛アタックをかけたのです。Sさんは、求愛アタックから逃れて山梨塩山の実家に潜伏することにしました。

Sさんは、実家で籠城することに退屈を感じていました。同時に、ご近所の目も気にしなければなりません。できることなら、塩山の実家から通える山梨大学病院でパートとして働きたいと思い、人脈豊かな前田先生に頼んだのです。

前田先生は、鈴木教授には頼み難いが、藤野先生なら何とかなると踏んでいました。三人は山梨大学病院の藤野先生を訪ねました。藤野先生のご案内で病院内覧を受けた後、夕刻、前田先生は、藤野先生を甲府で有名な郷土料理のお店に招待して、「どうかSさんをよろしく」とパートの斡旋をお願いしました。

後日、Sさんの件は藤野先生からやんわりと断られました。それから暫くして、オーストラリアの彼が母国に帰ったので、Sさんはクラブ「姫」に再び戻って平穏な日々を取り戻し、私たちは、Sさんに会いにクラブ「姫」を訪問しました。

当時の「姫」には、カルーセル麻紀さんもいて、有名人としてお店を華やかに彩っていました。クラブ「姫」にはスポーツ関係のお客も多く、競輪の一億円プレイヤー中野浩一さんや西武ライオンズの選手たちもよく訪れていました。

前田先生と「姫」を訪れた日、中日ドラゴンズの現役だったころの星野仙一さんと隣り合わせの席になりました。星野さんは、何かいいことがあったらしく上機嫌でした。私は、子供のころから中日ドラゴンズの大ファンだったので、「私は、名古屋出身で星野さんの大ファンです」と挨拶しました。山口洋子ママが、「私も名古屋の出身なの」と話が盛り上がって、私と洋子ママとは親戚同士ということになりました。

洋子ママが、「私の親戚に、名古屋大学でフランス語だったかフランス文学だったか教授をしていた者がいるの」というのです。中学の同級生で勉強仲間だった山口立子さんの父親が、名古屋大学教養学部のフランス語教授だったので、「それは、山口すすむさんではないですか？　私の遠い親戚です」といってしまったのです。

私の町では山口姓が多く、過去に遡れば殆ど親戚だと聞いていたのです。

それ以降、私は洋子ママの親戚ということになり、クラブ「姫」を特別優待価格で利用できることになりました。その後、度々、仕事でお店を使わせて頂きました。私にとっては、銀座のどのお店より安価に利用できる上に、お客さんには特別感を感じて頂けるので洋子ママには感謝しかありませんでした。

何時のころからか、洋子ママはお店に出ることが少なくなりました。それから数年が経過してクラブ「姫」を人手に渡すことになりました。作家活動が忙しくなったのでしょうか？　マネージャーからは、健康にも問題があったと聞いたことがあります。少し、女性っぽいマネージャーでしたが大変お世話になりました。

今は亡き洋子ママですが、歌謡曲の作詞家としても後世に名を残しました。代表作には、「噂の女」、「よこはま・たそがれ」、「うそ」、「千曲川」、「ブランデーグラス」、「北の旅人」、「アメリカ橋」などがあります。私もカラオケではよく唄っている歌です。作詞だけでなく、小説家としても活躍し直木賞を始め数々の賞を受けました。

洋子ママは、銀座クラブのママとしてホステスさんたちには、「あなたの最高の姿を見せて下さい」といっていましたが、本人は、飾り気のない庶民的な女性でした。

余談ですが、何年か後にSさんに連絡する用事があって電話をしました。Sさんは、あのオーストラリアの彼と結婚していて、渋谷のマンションで暮らしていました。あのオーストラリア人が、押しの一手でSさんを寄り切ったのです。

Sさんには、既にいたずら盛りの二人の男の子供がいて、聞き馴れたソプラノのよく通る声で子供たちを叱りながらの電話でした。

山崎選手のウオーキングスタイル

西部ライオンズは、昭和58年（1983年）とその前年にリーグ優勝と日本一を連覇しました。二連覇の年の11月、大勢のライオンズの選手たちが、祝勝会の二次会に銀座のクラブ「姫」にやってきました。外堀通りのクラブ「姫」の入り口は選手たちで溢れていました。その日は、私もお客さんと「姫」を訪れていたのです。

こんなに多くのプロ野球選手を間近に見るのは初めてです。どの選手もジーパン姿でリラックスしていました。クラブ「姫」は、階下にダイニングスタイルの別室を設けています。クラブの客席が満席になると、席があくまでお客を接遇する部屋です。大きな集まりの会場にも利用します。この日は、西武ライオンズの貸し切りでした。

主力の田淵幸一選手と山崎裕之選手の二人は、クラブ「姫」で静かに祝杯を挙げていましたが、それ以外の選手たちは階下の別室で大いに盛り上がっていたのです。

田淵選手は朴訥な雰囲気で、漫画『がんばれ‼　タブチくん‼』そのままです。カッコつけるところもありません。選手たちの中に際立ってカッコイイ選手がいました。山崎裕之選手です。容貌もハンサムでしたが、特に、ウオーキングスタイルが際立っていました。足で歩くというより腰で歩くというスタイルで、少し、腰をローリング気味にリラックスして歩く動きに柔軟性がありました。

このとき、私は、山崎選手スタイルの歩きをしようと決意しました。これぞ、理想的なウオーキングスタイルだと思ったのです。若々しいしなやかな歩きです。それまでの私は、体操部時代のウオーキングスタイルにこだわっていました。

体操競技中、チームが次の種目へ移動する歩きです。胸を張って腰骨を立てて腰で歩きますが、腰はまっすぐ前方に押し出します。その時、つま先で体を押し上げ気味に前進するので、体は横ぶれしなくて見た目に美しい歩きです。

昨今の体操競技では見られなくなりました。今では、体操競技の会場内移動はフリースタイルです。思い思いのスタイルで移動します。整然とシンクロナイズして移動するのは、全体主義的で時代に合わなくなったのでしょうか？

このことをきっかけに、私は、山崎選手スタイルで歩きました。

80歳を過ぎて、改めて体操部時代の歩きを再現してみましたが、50メートルも歩くととても疲れます。この歩き方はかなりの脚力が必要のようです。若いからできたウオーキングスタイルだったのです。

58歳か59歳のころ、私の柔軟性、特に股関節の柔軟性にかげりがみえ始めました。全身の関節が硬くなり始めたのです。歩いていても、股関節に「ぎこちなさ」を感じるようになりました。山崎選手スタイルのウオーキングは、何よりも股関節の柔軟性がポイントだということが解りました。

何とか、山崎選手スタイルのウオーキングを取り戻したい。そのためには、股関節の柔軟性を取り戻さなければなりません。

そのころ、私が創業した会社の近くにスポーツジムが新規開業しました。日ごろの運動不足も感じていたので、早速、会員になって毎日通いました。このジムではマットスペースもあったので、筋トレの前にはストレッチングに力を注ぎました。

実際にやってみると、開脚も前屈も昔のようにはいきません。せいぜい、45度くらいしかいかないのです。若いころには、楽に開脚前屈でも伸膝前屈でも胸がついていたのです。筋トレでも、懸垂と腕立て伏せに衰えがありました。

初心にもどって、柔軟性と筋力の回復を目指しました。自宅で早朝トレーニングをして夕方にはスポーツジムで汗を流しました。筋力トレーニングでは、腹筋や懸垂、腕立て伏せ、スクワットに加えて加重筋トレにも取り組みました。

スポーツジムにはいくつも筋トレマシーンがあって、それぞれ、試技者に合うように加重を調節できるようになっています。私は、若い者に負けたくないと思い若者並みの加重でトレーニングを続けました。

ジムに通い始めて3ヶ月が過ぎたころ、突然手首が腫れて痛みが襲いました。重篤な腱鞘炎にかかったのです。鉛筆を持つこともできません。完治するまでに4ヶ月はかかりました。それで、私にはスポーツジムは向かないと考えて退会することにしました。若いころは体操選手だったというプライドが禍したのです。

それ以後は、自宅の早朝トレーニングに切り替えました。腕立て伏せやスクワットなどマット種目に加えて、傾斜腹筋台やエアロバイク、懸垂用ぶら下がり器、鉄アレイ、アームバー、ハンドグリップなどを購入してトレーニング環境を整えました。

夜の時間が空いたのでジョギングを始めました。北区赤羽や神谷、東十条の住民が、北運動公園周辺でウオーキングやランニングをしていたので私も参加しました。私は、ひざに不安を抱えていたのでランニングではなくジョギングにしました。

手首の腱鞘炎が緩解したころ、大腿の付け根付近のスジに痛みが走るようになりました。開脚前屈のトレーニングを頑張り過ぎたのです。相撲取りが、激しい又割りをしても問題がないのは若いからです。中高年には頑張り過ぎは禁物でした。

失敗を繰り返しながら1年が過ぎたころ、柔軟性と筋力に回復の兆しが感じられるようになりました。山崎裕之選手のウオーキングスタイルが復活したのです。気持ちも若返りました。声の張りもでて気持ちよくカラオケを歌いました。

65歳のころ、中学時代に痛めたひざの後遺症に加え、50代に発症したリウマチと加齢による軟骨変形が加わって立派な変形性膝関節症になりました。ひざが痛んで数百メートルも歩けなくなったのです。強い夜間痛で夜も眠れない日が続きました。この時、山崎選手スタイルの歩きがひざの負担を軽くしてくれるのを実感しました。

あれから20年、ストレッチングと筋トレの早朝トレーニングを休むことなく続けています。今では、6時30分に起床して朝のニュースを聞きながら、約40分間、念入りにストレッチングを行います。残りの20分間で、かかと上げ、腿上げ、スクワット、握力、上腕筋、腹筋、腕立て伏せなど筋トレを行っています。

おかげで、81歳の今でも山崎選手スタイルで歩いています（正確には山崎選手スタイルもどきです。以前のようにはカッコよく歩けなくなりました）。このウオーキングスタイルは、ひざの負担を軽減するだけでなくとっさの動き、例えば歩行中に障害物をとっさに避ける動きができます。転倒回避にも役立っています。

私は、山崎選手スタイルのウオーキングから大きな恩恵を受けました。本来なら、私の右ひざは、65歳ころに人工関節置換術の手術を受けなければならなかったのです。山崎選手スタイルのウオーキングがひざの負担を軽減してくれました。おかげで、手術に踏み切ったのは平成31年1月、78歳の年でした。

これは大きな恩恵でした。当時の人工膝関節の耐用年数は10年とされていました。もし、65歳で手術を受けていれば、75歳と85歳で再手術を受けなければなりません。人生3回の手術が必要だったかも知れないのです。

これからは、ひざに負担の少ない山崎選手スタイルのウオーキングを続けて、私の人工関節の耐用年数を少しでも伸ばしたいと思っています。今は、当時よりは人工関節の品質が向上して耐用年数も少しは伸びたと思うのです。できるなら、私の人工関節が残り人生最後までもち堪えてくれたら有り難いと思っています。

この書を出版するに当って、整形外科の専門医に確認しましたところ、最新の人工関節の耐用年数は約20年ということでした。すこし、安心できそうです。

山崎選手は、私より5歳若いので現在76歳のはずです。今でも、元気で若々しくしなやかなウオーキングスタイルを維持しているでしょうか？

クラブ「詩織」

銀座8丁目にクラブ「詩織」がありました。特に、お店に特徴があるわけではありませんが、お店はいつも満員で活気がありました。他のお店に比べて、フロア面積が広く2割ほど料金が安かったので社用族にとって使いやすいお店だったのです。

当時、私の部署が管轄していた消化器病関連研究会では、幹事会のながれや暑気払い、忘年会などに定期的に銀座を使っていました。昭和58年（1983年）、部下の一人がクラブ「詩織」の情報を聞き込んできました。経費の節約になるのではないかと、常岡健二先生を誘ってどんなお店か見学することになりました。

常岡先生は、私たちが後援する消化器病研究会「木曜会」の会長で、当時、日本の消化管病学を崎田隆夫先生の「胃カメラ派」と二分する一大勢力「胃鏡派」のトップでした。常岡先生の了解が欲しいと思い一緒に見学することにしたのです。

ホステスさんは、ベテランさんに交じって学生などのアルバイト風女性が多く気安い雰囲気がありました。所謂、高級クラブではありませんが居心地の良いお店です。そのとき、品の良いチーママの対応も良かったので先生も私たちもこのお店が気に入りました。それで、クラブ「詩織」は「木曜会」常用のお店になったのです。

そのころ、価格でいえばクラブ「姫」がどのお店より安価に利用できました。しかし、「姫」は、医者の集まりには向いていないと考えていました。高級すぎるのです。医者が、「ワイワイガヤガヤ」と周囲かまわずおしゃべりできない雰囲気がありました。

研究会の医師たちがクラブで見せる行動には特徴がありました。一部の長老幹部を除いては、どの医師もホステスさんとの会話を楽しむということはありません。ほとんどの医師は、仲間同士の情報交換や医学界の話題に夢中でおしゃべりします。隣りで接遇するホステスさんが会話の邪魔になると席を替えて又おしゃべりです。

中堅の医師たちは、クラブ遊びには興味がない上にクラブ遊びを知らないことが多いのです。医師たちにとって、華やかなホステスさんたちはその場を飾る花としか映っていないようです。ホステスさんが周りにいるだけで気分が盛り上がって会話が弾むのです。若い医師たちにとってこの高揚感はたまらないものでした。

このような集まりなので、どのお店でもいいという訳にはいきません。他のお客も「ワイワイガヤガヤ」風のお店でなければならないのです。

クラブ「詩織」は「ワイワイガヤガヤ」を受け入れるお店でした。

ある日、オーナーママのKさんとお話しする機会がありました。そこで、Kママが名古屋出身だというので、私も名古屋出身ですと話が盛り上がってKママは私の高校の先輩だということが分かりました。

Kママは、旧制の愛知女子商工学校を卒業していました。私の母校愛知県立瑞陵高校は、旧制の愛知五中が愛知女子商工（現在、家庭科として存続）と合併して新制高校になったのでKさんは私の先輩だったのです。それ以来、私がクラブ「詩織」を利用する際には、大幅値引きの特別優待価格で利用できることになりました。

後で知ったのですが、Kママは、研究会の幹事たちに季節折々に美しい毛筆の便りを送りました。Kママは、書道の師範有資格者で達筆家でした。彼女の毛筆は、艶やかでとても美しかったので便りを受けた人に強い印象を与えていたのです。

それが、研究会の幹事たちの間で話題になっていました。クラブ「詩織」の繁盛は、Kママの毛筆にも依っていたことが分かりました。他の研究会も、常用のお店はクラブ「詩織」になりました。

当時、私の部署は3つの消化器病研究会を管轄していました。幹事会の流れや暑気払い、忘年会などで年間に10回ほど銀座のクラブを使っていました。人数も、一度に10人を超えるので、スカラーシップ（応募研究に研究費を支給するやり方）研究費や研究会開催費用などを加えると研究会費用は販促費を圧迫していました。

研究会には、かなり大きな予算が与えられていました。しかし、ゼリア新薬医療用医薬品のマーケティング戦略を支える予算としてはぎりぎりの線でした。

ゼリア新薬は、このころから、他社との新薬共同開発が活発になり開発部もクラブ「詩織」を利用しました。クラブ「詩織」は、ゼリア新薬工業の成長期を、少なからず、予算面で貢献してくれたのです。

その後、米国の大手製薬会社と新しい胃炎、胃・十二指腸潰瘍治療薬の共同開発をし、スイスの「ティロッツ・ファーマ社」を買収してクローン病・潰瘍性大腸炎治療薬「アサコール」を開発するなど新薬開発でも優良企業に成長しました。

私がゼリア新薬を退社して薬局事業に取り組んでいたころ、風の便りに、クラブ「詩織」が閉店したという噂を耳にしました。バブル崩壊の時代でしたが、閉店の原因は、バブル崩壊ではなかったそうです。銀座には、冷たい風が吹いていましたが、クラブ「詩織」は繁盛を続けていたのです。Kさんの経営力は衰えていませんでした。

Kさんには、以前から、若いマネージャーに惚れてしまうという弱点がありました。或るとき、惚れたマネージャーが現金を持ち逃げするという事件が起きました。Kさんは、「もう二度と男には惚れない」といっていたそうです。

Kさんは、当時、60歳を過ぎていたと思います。天性の商売上手で成功しましたが男運には恵まれませんでした。Kさんは、長い間、順調なクラブ経営を続けていたのでかなりの財産を蓄えていました。Kさんのお金をねらって若い詐欺男が近づいてきても、Kさんには男を見る目が不足していたのです。

二度目のマネージャー現金持ち逃げ事件の後、Kさんは人間不信に陥ったのかも知れません。否、人間不信というよりも、自分自身の愚かさに愛想をつかしたのだと思います。それで、平穏な人生を選択して商売を止めたのだと思います。

その後のKさんの消息は聞いていていません。

浅野和典さん

ヒット曲「コモエスタ赤坂」の作曲者浅野和典さんと出会ったのは銀座でした。銀座8丁目、ピアースビルのクラブ「ホールインワン」（だった記憶）で、相棒の西山隆史（作詞担当）さんとクラブ歌手として歌っていました。

当時は、バブル真っただ中の時代で、ピアースビルの地下では女優の大信田礼子さんがクラブ「大信田」を開店していました。プロ野球の江夏豊さんが、盛んに、大信田さんにラブモーションを投げかけていたころです。それで覚えているのです。

同じ通りの銀座会館では、勝新太郎さんが彼の元マネージャーを開設者にして大型クラブを開店しました。開店祝いには、デヴィ夫人を先頭に派手な銀座パレードをして話題になりました。どういう訳か私にも案内状がきたので、開店の日、接待の医師と覗いてみました。お店に入ると、私も会員制の倶楽部会員になっていました。

開店当初は、話題性もありお店は繁盛しました。価格的にも一般的なお店より安価だったのです。会員割引です。会員証にはストラップにしゃれた小さな「キー」があしらわれていました。当時としては珍しい会員証でした。

ところが、このお店では、度々、勝さんがお店の一等席に仲間を集めて騒ぐので、お客はこれを嫌って急速に客足が遠のきました。お店は、1年後には設立会社が倒産して閉店したのです。負債は、勝さんが負ったのでしょうか？

この時代、銀座ホステスさんの甘い言葉にのって、バブル紳士がクラブを出店するために億単位のお金を使ったという話は珍しくありませんでした。

このような時期ですから、浅野和典さんと西山隆史さんは何軒もお店をかけ持ちして引っ張りダコでした。ヒット曲「コモエスタ赤坂」を発売してから10数年が経っていたので、主たる収入は印税というよりはクラブ歌手の収入だったと思います。

相棒の西山さんはもの静かな人でしたが、浅野さんは、何にでも積極的で一生懸命な人でした。浅野さんの住まいは埼玉県の蕨市でした。蕨市は、当時私が居住する南浦和のお隣で、ＪＲ京浜東北線の一つ手前の駅です。それで、仲良くなりました。

浅野さんの評判は、ホステスさんたちに良かった記憶があります。ホステスさんには、浅野さんのことを良くいう人はいても悪くいう人はいませんでした。ホステスさんは、何かあると浅野さんに相談しました。浅野さんは、ホステスさんの問題解決に一生懸命に取り組んだのでホステスさんたちには頼りがいのある存在でした。

ある日、銀座で働く若いアメリカ人女性が、風邪をひいて高熱で倒れました。頼る家族もなく健康保険にも入っていませんでした。仲間のホステスさんに相談されて、浅野さんも看病に付き合うことになりました。

市販の風邪薬を与えて、三日三晩、氷枕と冷水タオルで看病しました。そのお陰で、4日後には仕事に復帰することができたのです。その数日後、若いアメリカ人女性は、大変感謝して浅野さんに彼女の一番大切なものを差し上げたいと申し出たそうです。

若いアメリカ人女性は、一生懸命に看病する浅野和典さんに恋心を抱いたようです。しかし、浅野さんは、「遠くから日本に来て困っている人を助けるのは当然のこと、あなたのその気持だけで十分うれしい」と申し出を優しく断ったそうです。

女性の申し出を本当に断ったのかどうか、浅野さんから直接聞いた話なので真偽のほどは分かりません。しかし、私は浅野さんの話を信じました。浅野さんにはそういうところがありました。とにかく、浅野さんは、困っている人の面倒をよく見ました。そんな浅野さんですから、ホステスさんたちからの評判も高かったのです。

今も、「コモエスタ赤坂」を歌うと浅野さんのことを思い出します。

ネオンの街 赤坂

私が薬局事業を起業して4年が過ぎようとしていた平成8年（1996年）、世の中はバブル崩壊で不景気風が吹き荒れようとしていました。しかし、世間一般、特に、医療業界や建設業界にはまだまだバブル景気の余韻が残っていたころです。

夜の歓楽街では、銀座は高いというので比較的安価な赤坂や新宿に賑わいが移っていました。製薬業界や医師会の面々が、大挙して赤坂・新宿の歓楽街に流れていたのです。銀座の高級クラブでは、2時間以内にお店を退出するのが粋なお客とされ、長居をするお客は野暮だといわれていました。新宿や赤坂のクラブでは、開店から閉店まで居続けても嫌な顔一つされず基本料金も一定でした。

赤坂の夜の街は韓国タウンです。韓国クラブが赤坂を支配していた時代です。赤坂には、一度お店を出て舞い戻ってきてもOKというルールがありました。ただ、長居すれば飲み代はかさみます。お酒を飲むのはお客さんだけではないからです。

この年の夏、開業医師の吉利《よしとし》先生に誘われて赤坂の田町通りにある韓国クラブ「新羅《しーら》」に初めて足を踏み入れました。オーナーママは、中年の品のある韓国人女性で梵珠《ぼんじゅ》と名乗っていました。梵珠ママは、すぐ隣のビルに落ち着いた雰囲気のクラブ「梵珠」を経営していて、クラブ「新羅」はその姉妹店です。梵珠ママは、馴染みのお客が来店すると二つのお店を掛け持ちして行ったり来たり忙しく動いていました。

梵珠ママは、大手商社M物産の、世間では名の知られた副社長Kさんの愛人で、Kさんの支援を受けてここまでお店を大きくしたと噂されていました。

クラブ「新羅」は、フロア面積が80坪を超える赤坂では有名なグランドクラブです。お店はいつも満席で、あぶれたお客は隣のビルにある韓国料理店「チョンギワ」で時間を過ごします。席が空くと「チョンギワ」に連絡が入って、待機客は移動するのです。客席では美しいホステスさんが客を取り囲んで熱気に溢れていました。

このクラブ「新羅」を実質的に切り盛りしていたのは林ママです。林ママは、数人のチーママと呼ばれるホステスマネージャーを束ねて忙しく働いていました。

お店の中央には、ヤマハの高性能電子ピアノが置かれていて、専属ピアニストが巧みに音楽を奏でています。その電子ピアノは、ベースやドラムなど多重に音響を作り出す優れモノで、トリオかカルテットのような演奏効果を作り出していました。さらに、電子ピアノの前にはダンスフロアが広がっていました。

専属ピアニストの巧みな演奏に合わせて、歌自慢のお客は歌を披露し、ダンス自慢のお客はダンスを披露しました。私は、名古屋市役所時代は混声合唱団に所属して合唱に熱中し、愛知大学在学中は大学祭実行委員会主催のダンスパーティーを担当してソーシャルダンスにも熱中していたので、歌にもダンスにも挑戦しました。

吉利先生はダンス自慢でした。ワルツやブルースはいうに及ばず、ルンバ、マンボ、などラテン系も得意でした。特に、異彩を放っていたのがジルバです。ジルバは、女性は激しくターンしながら踊りますが、男性はリードするだけであまり動きません。吉利先生のジルバは、女性に合わせてときに激しくステップを踏み自ら踊ります。

先生のステップはリズミカルで華麗でした。先生がステップを踏むと、他の踊り手たちは足を止めて先生のステップを称賛のまなざしで鑑賞しました。

吉利先生のお友達にNさんがいました。Nさんは、芸大声楽科出身ですが音楽の道には進まず実業の世界に入りました。そのころのNさんは、米国製の医療機器を輸入販売する会社を経営していました。それで、吉利先生と関係ができたのです。

Nさんは、クラブ「新羅」の常連客でした。Nさんの関係で、吉利先生も友達の医師会メンバーも私も常連客になりました。Nさんは、バリトンの良く伸びる自慢の歌声でナット・キング・コールの持ち歌を披露しました。ナット・キング・コールの甘くソフトな歌声というよりは、声量豊かなオペラ風ナット・キング・コールでした。

何人もいる歌自慢のお客の中で、いつも黒のスーツに身を包んだ小太りの弁護士Aさんがいました。アンディ・ウイリアムスの持ち歌を好んで歌っていました。冗談だと思いますが、ホステスさんたちには「私はヤクザ専門の弁護士です」と自己紹介したので、お店ではヤクザ専門の弁護士さんといわれていました。

Aさんは、お酒やホステスさん目当てというよりは、唄を歌うためにお店に通っていました。来店するとお酒を飲む前に先ず1曲歌います。歌い終わると、専属ピアニストに一万円札のチップを切りました。一息ついて、さらに得意ナンバーを4～5曲歌うと、夜の10時にはまた次のお店に移って歌いました。

Aさんの歌唱力はプロ並みで巧みでした。お客の中では文句なしのトップシンガーだったのです。専属ピアニストの演奏効果も手伝って、いつも、自らの歌唱力に酔いしれながら自己陶酔の中で歌いました。Aさんは、クラブ「新羅」の大勢のお客とホステスさんたちの称賛を浴びながら歌うことが人生の生き甲斐だったのです。

平成16年（2004年）、全国に法科大学院が開設されることになり、文科省はその申請の受付をしていました。その中に、青森大学が、大学に法学部もないのに法科大学院開設を申請しているというので、新聞やテレビで話題になっていました。

ある日のテレビ番組で、青森大学の法科大学院開設準備委員会の責任者とのインタビューが放映されました。そのインタビューに答えていたのがA弁護士でした。結局、青森大学の法科大学院開設申請は認められませんでした。申請に無理があったのですが、何故、そこにA弁護士がいたのか不思議に感じたことを覚えています。

Aさんはそれからまもなくして亡くなりました。クラブ「新羅」では、死因は心筋梗塞だったと噂されました。少し肥満気味ではありましたが、未だ、50代の若さとあのエネルギッシュな歌唱力から、この早い死は思いもかけないことでした。

遡って、平成10年（1998年）ころ、梵珠ママがクラブ「新羅」を売りに出すことになりました。表向きは、事実上の夫であるKさんが病気になり、そのお世話をするために仕事を減らしたいということでした。赤坂には活気が残っていましたが、バブル経済崩壊の影響で先行きの経営悪化を心配したのかも知れません。

梵珠ママは、クラブ「新羅」の経営を林ママに譲りたいと考えていました。

林ママは、長年、梵珠ママの右腕として働いて得た貯えをソウル市江南《かんなむ》の土地購入に投資していました。そのころは、床面積５００坪のテナントビルのオーナーになっていたのです。林ママは、江南のテナントビルの経営管理を夫に任せていましたが、夫の仕事ぶりが心配でなりません。早くソウルに帰って、自分でテナントビルの経営管理をやりたいと思っていたのです。それで、クラブ「新羅」の譲渡話を断りました。

次に白羽の矢が向けられたのは、チーママの中では年かさのRママでした。当分の間は、林ママがサポートする約束でRママが譲受することになりました。Rママは、憧れだった赤坂の有名クラブ「新羅」のオーナーママになったのです。

クラブ「新羅」を会社組織にして運営することになって、芸大声楽科出身のN社長が会社役員の一人として参画することになりました。Nさんは、長く、クラブ「新羅」の常連客だったので営業内容も熟知していて取締役として適材だったのです。

Rママには、妹と３人の弟がいて長男のE氏が姉を支えるため取締役になりました。E氏は、「日本人は会社を作るのが好き、韓国人は個人で経営する」といっていました。日本と韓国では、経営に対する考えに違いがあるようでした。

クラブ「新羅」は、株式会社として順調に船出しました。

平成12年（２０００年）４月、クラブ「新羅」に頭が良くて性格が良いという評判の新人ホステスが入店しました。名前をモモさんといいました。入店当初は、日本語が達者とはいえないのでお店の同僚がお客さんとの会話を通訳していました。

お客さんと話しているのを聞いていると、モモさんは、弟の大学進学を助けるために日本に働きにきたそうです。性格が良くて笑顔が魅力的な女性だったので、多くのお客さんがモモさんのことが気に入って場内指名をしました。

場内指名というのは、店内で気に入った女性を一定時間ホールドするための指名です。指名料は5千円でその40%がお店から女性に支払われます。

モモさんは、お客との会話の中で日本語を覚えるのが早く、一日一日、お客との会話が上達しました。お客はそれを面白がって次の週にはまた来店して場内指名しました。そして、モモさんは、順調に、弟の学費の仕送りを続けていたのです。

そのモモさんが、翌年の3月に出入国管理事務所の査察によって拘束されてしまいます。当時は、多くの韓国人女性が、観光ビザや学生ビザで来日して赤坂のクラブで不法就労していたのです。お店の責任者は、査察対策として、不法就労の女性たちには査察があると思われる時間帯の後、午後9時以降に出勤させていました。

来店するお客は、午後8時半以降が圧倒的に多いのでお店と不法就労の女性たちとの利害関係は一致していました。つまり、遅番勤務です。深夜12時を過ぎても居続けるお客は多かったので、そのような労務対応にも好都合だったのです。

その日のモモさんは、お客さんから同伴出勤の約束を貰っていて、たまたま、早い時間にお客さんとの食事を終えて8時にお店に入りました。お客さんとの食事のあと、「不法就労なので9時過ぎに出勤したい」といえなかったそうです。それまで、1年間も出入国管理事務所の査察がなかったので油断していたのかも知れません。

同伴出勤では、お客さんがホステスさんと食事をしてそれからお店に入ります。お店としては、売上アップを図る有効手段です。お店は、ホステスさんに高い給料を支払う代わりに月に3〜4回の同伴ノルマを課していました。

モモさんは、そのころ、弟の進学を助けるという初期の目的を達成していたので、家族から早く帰国して欲しいといわれていたそうです。しかし、帰国するにも不法滞在者だったので出国手続きが取れなかったのです。結局、モモさんは、出入国管理事務所の査察を受けたおかげで日本の国費で韓国に帰ることができました。

クラブ「新羅」には、美人ホステスが溢れていました。美人ホステスの中には、明らかに美容整形手術を受けたと思われる美人と素のままの美人がいました。整形美人は、みな似たような顔貌をしていて私たちにも凡その区別がつきました。大勢の美人ホステスの中に、お客たちが本物の美人だと噂していたチナ嬢がいました。

チナさんは、肌が透き通るように白く、京美人を思わせる雰囲気がありました。そのチナさん目当てに、準大手ゼネコンT建設で部長を務めるFさんが熱心に通っていました。Fさんは、異常に独占欲が強い人で、Fさんが同席中に他のお客からチナさんに場内指名が掛ると、フロアマネージャーをつかまえて烈火のごとく怒りました。

フロアマネージャーは、飲食物をテーブルに運んだり、お客のホステスさん指名やお店の指示によってホステスさんを客席に案内したりする男性従業員です。

フロアマネージャーとしては、お店のルール通りに動いているのにお客から怒られてはたまったものではありません。そんなことが何回もあったので、Fさんの来店中にはチナさんを場内指名できないことがお店のルールになりました。

それからしばらく経って、バブル崩壊でFさんのやりくりも限界に来ていました。バブル崩壊による経済停滞は容赦なく深刻さを増していきます。そのうち、Fさんの姿も見かけなくなり、クラブ「新羅」のお客も徐々に少なくなりました。

平成19年（2007年）の暮れになると、クラブ「新羅」の経営が怪しくなってきました。お客の減少もありましたが、Ｒママの経営管理にも問題がありました。

　ある日、Ｒママが給与支払いのために銀行から引き出した3千万円が盗難に遭ったと警察に届けました。Ｒママは、この事件を涙とともに従業員とホステスさんたちに語りました。皆さん、Ｒママに同情して給与の遅払いを快く受け入れたのです。

　この3千万円盗難事件は、後々になって自作自演のお芝居だったことを知ることになります。Ｒママが資金不足を隠蔽するために打った苦肉のお芝居だったのです。

　この話は、Ｒママから直接聞きました。Ｒママの感覚では、「私はこのようにしてまで新羅の経営に尽くしたのよ」といいたかったのです。Ｒママは、得意になってこの話を常連客の何人かに話しました。自己破産申請の2ヶ月ほど前でした。

　高利貸しから、1億円以上の借金をして負債が膨らみました。何人かのお客さんからも借金をしていて、私の知人からも借金していました。Ｒママの自己破産申請で、代理人弁護士から債務の確認通知書が知人に送られてきて様子が分かったのです。

　ある日、クラブ「新羅」から、お客たちに未払いの請求書が個別に送られてきました。このことでとんでもないことが明らかになりました。チーフと呼ばれていた中年の男性従業員が売上金を着服していたのです。

常連客の何人かは、来店した時に前月の飲み代を現金で支払っていました。ところが、Rママ破産の1年以上も前から、そのお客たちの現金支払いは全て未収のままになっていたのです。それで、チーフが着服していたことが判明しました。

常連客の中には、プライベートで来店する人たちも少なくありません。特に、赤坂界隈のお寺のお坊さんや開業医師、自営業者に多かったのです。お坊さんのことはともかくとして、ほとんどの開業医師は奥さんが経理を担当しています。

多くの開業医師たちは、医師会の会合の後、赤坂や新宿に繰り出していました。それは、開業医師たちの貴重な息抜きでもあり楽しみだったのです。医師たちは、そんなころ密かな楽しい行動をこと細かく奥さんに報告することを嫌いました。

開業医師たちには秘密のポケットマネーがありました。医師会では、会員医師たちが様々な業務を分担しています。例えば、専門診療ごとに健康検査や日常診療の検査画像を確定診断するという業務があります。これら業務に出動すると医師会から一定の報酬が支給されるのです。これが医師たちの有難いこづかいになりました。

初めは、そのようなお客の支払いを着服していたようです。その内に、領収書を偽造して、現金払いの多くを着服するようになったようです。1年以上にわたって、着服した金額は1千万円以上にもなったそうです。

経営がこのような事態に陥る前に、何故、適切な対応が取れなかったのでしょうか？後日談ですが、「新羅」の取締役会は機能していなかったのです。会社経営は名ばかりで、全ての経営管理はRママと弟のE氏が行っていました。

Rママが、有名クラブの「オーナーママ」という立場に拘ったこともありました。Rママにとって赤坂という韓国人社会の中で、これ以上、名誉ある心地良い立場はありません。この虚栄心が冷静な判断を狂わしたのでしょうか？

それで、高利貸しから1億円以上の借金をしてまで存続を図ったのかも知れません。Rママがギャンブルにはまっているという噂も流れました。謎は深まるばかりです。

私たちには、信じられないことが重なりました。倒産するべくして倒産したのです。平成20年、クラブ「新羅」はRママの破産宣告を受けてお店を閉じました。その後の赤坂の歓楽街は閉店も多いのですが、その空き店舗には直ぐに新規店舗が入店して開店祝いの花が並びます。バブル期からはお客の数は減りましたが、赤坂は、閉店と新規開店を繰り返しながら、今も、歓楽街の灯をともし続けています。

第三章　回想

若いころの古き良き思い出を回想すると、自分の世界がとても広がったように感じます。時空を超えて深まったというべきでしょうか？　変化の少ない日常に明け暮れるシニアの世界が、何十年も前にさかのぼって広がるのです。

思い出に焦点を合わせると、忘れていたことがどんどん蘇ります。シニアの頭脳は、新しいことを考えたり覚えたりすることには不向きですが、古き思い出を回想する力は大きいのです。アルバムの一枚一枚のカラー写真となって蘇ります。

ある脳科学者は、「昔のよかった思い出を振り返るのは脳の栄養になる」といっています。このとき、私たちの脳内から、「セロトニン」や「オキシトシン」「エンドルフィン」「ドーパミン」などといった幸せホルモンが分泌されるのです。

脳を活性化して認知能力を高め、若さと健康力をも取り戻すのです。

思い出したくない思い出は忘れていいのです。しかし、シニアには、思い出したくない思い出も懐かしい思い出に変わることが多いのです。思い出したくない思い出が人生のばねになって、その後の人生の力になっていることも少なくないからです。

人生は、ああすれば良かったこうすれば良かったと多くの後悔をかかえています。あの時、ああしていたら、こうしていたらと架空のシミュレーションをしてみるとまた楽しい世界が広がります。想像の世界を創作してストーリーを展開するのです。

小説家になった気分で、いろいろな人生ストーリーを創作することができます。若いころの私たちは、「後ろを振り向かない」人生を歩みました。私たちシニアは、時々、後ろを振り返って人生を回想するのもまた楽しいものです。

マイホーム

子供のころ、父から「家というものは雨露さえしのげればいい」という言葉を聞いていました。当時の我が家は貧乏だったので、父は、貧乏はしているがまだ雨露しのげる家に住めるだけ幸せだという想いからそのようにいったのだと思います。

当時、私の家族は、生まれて間もない弟が亡くなり翌年には母が亡くなって、父と兄の3人家族が3部屋しかない長屋に住んでいました。今でいう2DKです。二つの6畳の畳の間と4畳半の板の間、これは「ちゃぶ台」で食事をする、今でいうダイニングです。キッチンは、土間の三和土《たたき》に据えられた竈《かまど》と屋外に屋根を葺いて拡張した石造りの流し台と調理場でした。今、考えるとあり得ないキッチンです。

私の家族は、終戦までは朝鮮半島で豊かな生活をしていました。昭和15年、祖父が亡くなり、父が家督を継いで朝鮮全羅北道井州で日本人地主として農園を営んでいました。

祖父の生まれ変わりのように、翌年の5月に私が生まれました。

昭和20年、家族は、四男守の出産（生後死亡）のため祖父が生まれ育った知多郡大高町（現在、名古屋市緑区大高町）に滞在していました。

そして、そのまま終戦を迎えたのです。

私の祖父卯兵衛は、明治2年、知多郡大高町でフノリや寒天を生産加工する素封家近藤家の次男として生まれました。明治17年、15歳の時に知多郡桶狭間村（現在、名古屋市緑区桶狭間）の山口家と養子縁組をしています。

山口家は、山林や果樹園、田地田畑を所有する地主でした。

明治大正時代は、子のない資産家に資産家の子弟が資産付きで養子入りすることが多かったそうです。祖父の近藤家は、祖父以外にもその後2人の男子が養子縁組をしています。祖母の実家も祖母の代に2人の男子が養子縁組をしました。

父の兄「伸太郎」は結婚した後、夫婦と長女の家族で養子縁組をしています。

養子を貰う側には家名の存続と資産の温存というメリットが、養子を出す側には分家するよりも子に多くの財産が与えられるというメリットがありました。

明治の国家財政には、地主が大きな役割を果たしました。地租（土地の租税）が国家財源の柱だったからです。大正時代になると、近代産業が発展して国家財政の主役が独占資本に移りました。その結果、それまでの地主の社会的経済的優位性が低下するとともに土地の収益性が大きく下落しました。そのため、国内の地主たちは、より大きな利益を求めて植民地朝鮮に大挙して進出したのです。

大正11年、祖父卯兵衛は、桶狭間の山林や果樹園、田地田畑を売り払って朝鮮全羅北道に進出しました。本来なら、養子入りした祖父は、山口家先祖伝来の土地を守るため、自作農を営んででも桶狭間に踏み止まなければならない立場でした。土地の収益性が下落したといっても、自作農を営めば十分に生活が成り立ったのです。

当時は、一町歩（約３０００坪）の耕作地があれば十分生活が成り立つ時代でした。

この時代は、地主が自作農に転換する兼業地主が多かったのです。

民俗学者宮本常一は、著書『忘れられた日本人』の中で、「昭和10年代後半にはほとんどの大地主は没落していて農地解放で効果が期待できそうな大地主は少なくなっていた」と述べています。大地主でも、地主として存続することが難しい時代でした。

父は、太平洋戦争の敗戦によって朝鮮半島の全ての財産を失いました。更に、戦後のハイパーインフレと昭和21年2月の新円切り替え、預金封鎖があって生活再建のための預金をも失いました。これで、山口家の再建が遠くなったのです。

預金封鎖の翌月、母が急性肺炎を発症して急逝しました。しっかり者の母を失って、父の落胆ははかり知れないものがあったと思います。

そんな時代だったので、我が家には「家は雨露さえしのげればいい」ものでした。大きな家に住むことよりも食べることに必死でした。子供のころのご近所の挨拶は「ご飯食べた？」でした。小学校低学年まで「ご飯食べた？」だった記憶があります。ご近所の人たちがお互いに気遣ってそのように挨拶を交わしたのです。お米やお味噌などが不足するとお互いに借りたり貸したりしました。

日本では、経済状況が良くなって昔の貧困時代は忘れ去られました。中国や韓国には、今でも、「ご飯食べたか?」という挨拶が残っているそうです。中国には地方の田舎に残っているそうですが、韓国では田舎に限らず都会でも「ご飯食べたか?」が今も使われているそうです。貧困時代の思いやりの名残りです。

昭和30年代になると、近畿地方に「文化住宅」という新しい賃貸住宅が現れました。中学時代にお世話になった英語の荒川先生（結婚されて奥平先生）が神戸に住んでいました。高校時代と大学時代の二度、荒川先生を訪れましたが、「我が家は文化住宅なのよ」というお話しを聞いたのです。今の二階建てのアパートです。

その時、ケーブルカーで摩耶山に登った後、大阪梅田劇場で新しい映画・シネラマ『八十日間世界一周』を鑑賞しました。忘れられない思い出です。荒川先生ご夫妻は、その後、神戸市東灘区西岡本に立派な自宅を新築して移転されました。

私が結婚したのは、ゼリア新薬工業に就職して5年後の昭和45年（1970年）、転勤先の札幌でした。神戸の文化住宅は、札幌では「マンション」と呼ばれていました。私が借り上げ社宅として選んだのは、藻岩山のふもと、当時の北海道教育大学に近い新築二階建て2LDK「マンション六華《りっか》」でした。文化住宅との違いはお風呂がついていたことくらいでしたでしょうか、私たちにとっては快適な文化生活でした。

東京に転勤して、借り上げ社宅には埼玉県浦和市（現在、さいたま市）の2LDKの戸建て住宅を選びました。子育てには集合住宅より戸建て住宅が適していると考えたからです。その時、家内は妊娠7ヶ月でした。この社宅で2子を育てました。

昭和52年、人生初めてのマイホームを建てることを決意して、さいたま市の自宅現在地に80坪の宅地を購入しました。当時の自宅現在地は大規模な区画整理事業が計画されていましたが、そのころは、田畑と雑木林が広がるばかりの農村でした。浦和市の中でも陸の孤島と呼ばれていた地域です。

その後、区画整理事業が急速に進展して、土地購入後2年ほどしたら舗装道路が整備され住宅も何軒か立ち並ぶようになりました。その数年前、札幌から東京に転勤して、いずれは名古屋に帰るつもりで、実家からさほど遠くない住宅地に88坪の宅地を購入していました。父が、購入価格の半分を援助してくれたのです。

この土地を売却して、マイホームを建築するという具体的な計画に入りました。名古屋の宅地が第一次オイルショックで随分値上がりしていたのです。物価が上がり給与所得も急上昇していました。月々の土地購入ローンの返済は、当時のサラリーマンのおこづかい程度にまでになっていたのです。

私は、父がいっていた「家というものは雨露さえしのげればいい」という考えには抵抗を感じていました。やっぱり、庭付きのマイホームに住みたいという夢を持っていたのです。宅地は、最低でも80坪は必要だと考えていました。

昭和55年、38歳の春にマイホームが完成しました。私が思い描いたマイホームプランは、家にはお金をかけず庭木にお金をかけるというものでした。家は年々減価しますが庭木は手入れをすれば年々価値が上がる時代でした。

それでも雨露をしのぐには十分すぎる家でした。植栽選定には、自宅近くの植木農家に通って、3年間かけてイメージに合う庭木を慎重に選びました。

初めてのマイホームが完成して、一家の主という責任感がそれまで以上に強くなりました。これ以後の10年間が、私の人生で最も充実した時期だったと思います。

私の第二の人生は、50歳を過ぎて薬局事業を創業した25年間です。それまでにお付き合いがあった多くの医師たちが協力してくれました。社員たちも薬局の新規開発に取り組んでくれました。挑戦的で楽しい第二の人生でした。

64歳の時、長年住んだ住まいを建て直すことにしました。人生最初のマイホームは、家よりも庭木に力を注いだので今度はしっかりした家づくりをしようと考えたのです。

それまでのマイホームは、私が憧れていた和風の庭と軽量鉄骨プレハブ造りながら和風の趣のある家でした。今度は本格的な洋風にしようと考えました。

二度目のマイホームづくりのコンセプトは、非日常的な住まい、つまり、別荘かペンションのような「くつろぎの家」づくりにしました。多くの庭木も処分して明るい庭に変えました。モチやモッコクのような高木は、切り詰めて手入れし易くしました。老夫婦二人が老後をゆったりと過ごせる空間づくりがポイントです。

16年間、夫婦はこの家で快適に過ごしました。庭の手入れも楽しみの一つでした。家内は、草取りが趣味だったので雑草が茂る余地はありませんでした。新しく植えた蜜柑と柚子も豊作でした。二人は、新しい家に満足していたのです。

80歳を過ぎた今、老夫婦には広すぎる家になりました。庭木の手入れも自分でできる作業は少なくなりました。ほとんどの手入れを人にお願いしています。雑草も、家内が腰椎を痛めてからは、夏の盛りには伸び放題になりました。

私には、変形性頸椎症があるのでその随伴症状に平衡感覚不全（ふらつき）があり、加えて、加齢による注意力の低下、とっさの反応力の低下が進んでいることに気が付きました。今年、作業中に玄関と室内で3度転倒しました。

私は、この年になっても若い気分が抜け切れていませんでした。高齢者には、身体能力の低下があるので、これを自覚して行動を減速する必要性を痛感しました。若い気分で不注意に行動すると、とんでもない災難に遭わないとも限りません。

今、人生の最晩年を過ごすには、簡素で小さな家が住みやすいと考えています。雨露がしのげて空調効率の良い家です。今の家は子供に譲って小さな家に移ることも考えていますが、引っ越しとなると家内の体調も考える必要があります。今となっては「覆水盆に返らず」ですが、難しい問題を抱えることになりました。

私の十代

長い新型コロナ自粛が終わって、令和4年4月1日、2年ぶりに私たちのカラオケクラブと歌ごえ広場（みんなで歌を斉唱する会）の活動を再開しました。他のクラブは感染対策を施して継続しましたが、歌う会は慎重を期してお休みにしたのです。

多くの仲間たちは、2年間声を出していなかったので声がかすれるとか高音の発声ができないなどと訴えました。私も、声帯が委縮したのか以前のようには歌えなくなりました。それでも、皆さん、待ちかねていたように再開を喜んでくれたのです。

2年の中断の間に、常連だったHさんは認知症が進み、Mさんは要介護5、Eさんは要介護3になり施設介護を受けていることが分かりました。満州生活を経験し引揚者として帰国したYさんは、急に視力が低下して目が見えなくなりました。いずれも、80代のシニアです。コロナ自粛の閉じこもり生活が影響しました。

新型コロナ禍の中で自粛生活を強いられて、精神的にも身体的にも大きなストレスを抱えていました。自粛生活の巣ごもりが高齢シニアの健康を乱したのです。高齢シニアにとって、声を出して歌うことは健康に大きく寄与していました。

私たちの「歌ごえ広場」活動は、毎週金曜日午後1時半から4時の2時間半の活動です。参加者がリクエストした曲目を30分斉唱して10分休憩し、これを4回繰り返します。カラオケの機械を使って2時間半の間に32曲ほど歌います。そして、中間には「ラジオ体操第一」が入ります。これが、気分転換に一役買っています。

2年ぶりに再開した4月1日、三田明の「美しい十代」が流れました。懐かしい私の10代が重なり、訳もなく感情が昂ぶり、胸が詰まってしばし歌い続けることができませんでした。そして、「美しい十代」の曲とともに私の10代がよみがえりました。

中学2年生の冬のある日、同じ地域に住む1級上の山口とも子さんと偶然に校舎の片隅で出会いました。そのとき、私は、とも子さんに突然手をにぎられました。

とも子さんの家は広い庭付きの豪邸で、朝、家の前には黒塗りの立派なお迎えの車が停まっていました。お父さんが三菱関係の重役だったのです。

お父さんは、昭和の俳優南原広治さんの若いころに似た、ハリウッド映画にでも出てきそうな長身でクールな紳士でした。夏は白いパナマ帽、冬はフェルトの中折れ帽子を粋にこなしていました。町の奥さんたちには憧れの的だったのです。

だからといって、とも子さんが特別目立つ存在だったということではありません。普通の女子でした。それまでは、特に好きだという感情もありませんでした。手を握られたことで相手の好意を感じて嬉しかったことを覚えています。

それからは、登校下校時に会ったときには挨拶しました。それ以前は、特に挨拶することもなかったのです。とも子さんは、それから間もなくして、名古屋の私立高校に進学して会う機会はなくなりました。

恋心を抱いたということではありませんが、女子に手を握られたということが初めてだったので心の動揺もあり複雑な嬉しい想いがありました。しかし、この想いは、日々の忙しさに紛れすぐに記憶から遠ざかりました。

小学5年生のとき、1級上の高木幸子さんと知り合って仲良くなりました。お父さんは、町にある三和印刷の技術者で、お父さんの転勤で転校してきたのです。公民館で子供向けの催し物の会があってそこで初めて会いました。

公民館では、度々、子供向け映画やお伽話を聞く会がありました。ある時、私の斜め前にお伽話のかぐや姫のように美しい女の子がいたので、つい、みとれて私の視線が釘づけになりました。幸ちゃんは、私の視線に気が付いて振り向きました。

幸ちゃんが、2度目に振り向いたとき、目と目が合いました。そのとき、幸ちゃんは「にっこり」微笑んで挨拶するように顔を斜めに傾けました。信じられないことが起きたのです。このことがきっかけで幸ちゃんと仲良くなりました。

お父さんの印刷工場では、当時流行っていた「しょうや」（めんこのこと）を印刷していました。幸ちゃんの家に遊びにいって、野球選手の図柄が印刷されたしょうやの台紙を何枚も頂きました。少し、印刷がずれた廃棄用のしょうやですが、私たちには貴重なしょうやでした。その台紙を一枚一枚カットして大事に大事に使いました。

翌年、私は小学6年生、幸ちゃんは中学1年生になりました。制服のセーラー服姿の幸ちゃんは、とてもお姉さんっぽくまぶしく見えました。それでも幸ちゃんは、それ迄と変わらず一緒に遊んでくれました。

その年の夏休み、突然、幸ちゃんがいなくなりました。お父さんに急な転勤があったのです。あんなに好きだった幸ちゃんがいなくなってしまったので、その後は、何に対しても夢中になれませんでした。私の初恋だったのです。

中学生になって、勉強や体操部の部活が忙しくなると、頭の中のいろいろな幸ちゃんの記憶が次第にぼやけて、そのうち、ほとんど幸ちゃんのことは忘れていました。

昭和32年、愛知県立瑞陵高校を受験しました。この年は、小学区制から大学区制に切り替わった年です。私たちも、あこがれの名古屋の公立高校を受験できることになったのです。それ迄の先輩たちは、西三河の公立高校を受験していました。

合格発表の掲示板の前で、私の受験番号を見つけて「あった！　あった！」と一緒にきていた兄とともによろこんでいたら、瑞陵高校のセーラー服を着た女の子が満面の笑みで手を振り、「のぼるくーん」と叫びながら近づいてきました。「あっ、幸ちゃんだ！」

とすぐに分りました。思ってもいなかった再会で夢かと思いました。

「のぼるくんが瑞陵を受験することも、体操で優勝したことも、ずーっとオール5だったことも島津先生から聞いて何でも知っていたの！」というのです。

幸ちゃんは、1年前に瑞陵高校の家庭科を受験していました。さらに、幸ちゃんのお姉さんが、私たちの中学の理科の島津先生と婚約したので、島津先生から私の情報を聞いていたのだそうです。すべてが奇跡的な偶然でした。

幸ちゃんに誘われて、名古屋市北区の幸ちゃんの家を訪問しました。私の家は、名古屋の南なので随分遠かったことを覚えています。市電の今池電停で乗り換えて、矢田町3丁目で下車すると幸ちゃんが出迎えてくれました。ご両親に、「あの時は有難うございました」と、小学校時代のお礼を述べて二人で東山動物園に出かけました。

動物園の隣りには東山植物園がありました。二人は、植物園の植物を観察するのが好きでした。植物園の裏には大きなボート池があって、東山の心地よい風を受けながらボートを漕ぎました。二人は、昔に戻って夢のような楽しい時間を過ごしました。

その後も、月に1、2度は東山植物園でデートしました。

高2の夏、中学時代のひざの故障が悪化して体操部を退部した後、学業成績が急落しました。それまでの成績は、いつも学年のベスト10以内だったのです。時間があり過ぎて生活のリズムが狂ってしまったのかも知れません。

幸ちゃんには随分心配をかけたと思います。幸ちゃんに会っていても私の口数が徐々に少なくなりました。笑顔も少なくなったと思います。

高2の3学期のはじめ、二人は、初めて今池の映画館に入りました。何の映画だったかは覚えていませんが、休憩時間に平尾昌晃の「星は何でも知っている」が流れていたことを覚えています。映画が終わって今池の電停に着いたとき、幸ちゃんが突然、私の手を握って「のぼる君！　しっかり受験の準備をしてね！　受験が終わったらまた逢いましょうね！」といって反対側の電停に走りました。

幸ちゃんの言葉は母に叱られたように耳に残りました。私の電車が見えなくなるまで手を振っていた幸ちゃんに、「これから頑張る」と心の中で約束しました。

しかし、私の成績は大きくは回復しませんでした。その年の9月、伊勢湾台風が名古屋地方に歴史的な被害をもたらし、私の家も甚大な被害を受けました。そして、担任の先生から、取りあえず、公務員試験を受験したらどうかといわれたのです。

浪人して受験勉強をやり直すことも考えました。当時は、大きな災害にも行政の復旧支援のない時代でした。山口家の生活再建に懸命に取り組んでいる父を見ていると、これ以上、父に経済的な負担をかけられないと思い大学受験を断念しました。

期待してくれた幸ちゃんには申し訳ない気持ちがいっぱいで、この後、再び幸ちゃんに会うことはありませんでした。

昭和35年、名古屋市役所に就職して会計課（現在、会計室）に配属されました。中学1年で珠算検定1級に合格していました。履歴書には、珠算検定1級と書き入れていたので会計課に配属されたのだと思います。当時の市役所での計算手段は全て算盤だったのです。（給与計算課のみはコンピューター計算でした）

当時の名古屋市長は、小林橘川《きっせん》という大正デモクラシーの旗手として活躍したジャーナリストです。戦後はレッドパージを受けて公職追放されましたが、昭和27年に追放解除を受けるとすぐに革新候補として名古屋市長選に立候補して当選しました。

当時の名古屋市役所は、小林市長のリベラルな政治姿勢が色こく反映され、職員の給与体系も保守系知事の愛知県庁より2割ほど高いといわれました。職員組合（労働組合）の下部組織である青年婦人部のクラブ活動など福利厚生活動も活発でした。

私は、名古屋市役所混声合唱団に入りました。当時の名古屋市役所混声合唱団の実力は高く、愛知県官公庁合唱コンクールでは、度々、上位入賞を果たしました。合唱団には、総務課に所属する2年先輩のFさんがいました。当時、テレビの司会で人気が高かった芳村真理さんに似たチャーミングなお姉さんです。

Fさんは、名古屋の北の稲沢市から通勤していました。名古屋の南の私の通勤駅とは、同じ東海道本線で名古屋駅のホームは上りと下りのとなり同士でした。帰りには、時々、「コーヒータイム！」といって、駅地下のフルーツパーラーに寄りました。

ある日、フルーツパーラーを出て駅のホームに向かいました。そのとき、Fさんは、いつもの下りホームではなく私の上りホームにいました。「時間があるから見送ってあげる」というのです。蒸気機関車の汽笛が鳴って列車が出発しようとした、そのとき、突然、車両のデッキにいた私の手を握ってFさんの胸に当てました。

全く予想しなかった出来事でした。お互いに好意を持っていることは意識していました。それが、このような形になるとは思ってもいなかったのです。

合唱団の誰も私たちのことに気付いていません。合唱の練習時間はお互いに気を使いました。新人職員の私が、先輩職員を差しおいて人気のFさんを独占することには遠慮がありました。それ以上に、社会人として本当に好きになったら結婚が前提になるので、自分自身に対しても自信が持てなかったのです。

次の年、名古屋市役所の夜間就学奨励制度を利用して、愛知大学経済学部夜間部を受験して入学しました。市役所の終業時間より早く仕事を切り上げて大学に通えるのです。久々に受ける授業がとても楽しかったことを覚えています。

更に、その年の冬、昼間部への編入試験を受けて、翌年春、市役所を退職しました。面接試験で、正規入学するなら奨学金が支給されるといわれたのです。当時、白文鳥の繁殖で収入がありました。奨学金と合わせれば、経済的には問題がないと考えました。社会で活躍するためには、大学の正規課程を終えておきたいと考えたのです。

それで、Fさんと会う機会がなくなりました。昼間部に編入してからは、土曜日以外は、毎日、ダブルヘッダーで家庭教師のアルバイトに精を出していたので時間的なゆとりもなかったのです。毎日が忙しくて楽しい大学生活でした。

私の中学時代は体操競技に熱中しました。中学1年になった年、母校にその春卒業したばかりの原田彦一先生が体育の教師として赴任しました。先生は、愛知学芸大学（現在、国立愛知教育大学）時代、国体で優勝を争った体操の名選手でした。

先生は、体操競技の指導者として母校を体操競技の強豪校に育て上げました。創部2年目には、それまでの強豪大府中学を制して知多郡体操競技大会で団体優勝を果たしその後も連覇しました。1年後輩の加藤武司君はメキシコ五輪の金メダリストです。

新制中学になって初めての対外試合の優勝だったので、町長と校長が町の八幡神社に優勝報告をし、夜を徹してちょうちん行列が行われました。当時の優勝パレードです。当時は、町に祝い事があるときにはちょうちん行列をしたのです。

中学3年の春、体操部には驚くほど多くの新入部員が入部しました。この年は、前年に私たちが知多郡中学生体操競技大会で団体優勝したことに加えて、新しく、近代的な立派な体育館が新築されたことで体操部の人気が一段と高まった年です。

新人部員の中に、ひと際目立つ美貌の女子がいました。

その女子は山口登美子といいました。私たちは、昭和45年秋に結婚するのですが、結婚までには長い紆余曲折がありました。

体操競技の練習試合で名古屋に遠征した時には、アイスキャンデーをプレゼントしたり、校舎の屋上に呼び出して写真を撮ったりして登美子には積極的にアプローチしました。その当時としてはまだ珍しかった「アグファ」カラーフィルムを入手したときは、熱田神宮で何枚ものポートレートを撮影してプレゼントしました。

登美子を意識して練習にも熱が入りました。それまで以上に練習して、その年は、知多郡大会で個人総合優勝を果たしました。

翌年、瑞陵高校に入学して初恋の高木幸子さんと奇跡的な再会をしたので、その後の登美子には先輩として接しなければならないことになりました。大学時代も社会人になってからも、度々、誘って喫茶したり食事したりしましたが、登美子にはいつも変わらず先輩役を通しました。二人の関係を変えるような行動はとれませんでした。

大学の受験準備に失敗して挫折を味わったことで、その後は、何に対しても積極的な行動を自制するようになりました。特に、登美子には、先輩後輩の関係が変わると私たちの関係が壊れてしまうのではないかと心配だったのです。

それから、何年という時間が経過して札幌赴任中に結婚することになりました。

会社に夏季休暇をもらって、何人かの女性とお見合いをするために帰省しました。登美子と同級生の私の従弟から、「登美子は結婚した」と聞いていたので、登美子のことは忘れてお見合い結婚をする決心をして帰省したのです。

帰省すると、従弟が息を切らして跳んできて、「登美子が結婚したというのは間違いだった！　登美子はまだ独身で新町の家にいる！」と告げたのです。急ぎ、登美子の自宅を訪問し、両親に挨拶をして登美子が勤務先から帰宅するのを待ちました。

間もなく登美子が帰宅したので、登美子と両親を前にして「登美子さんを下さい。結婚したら必ず幸せにします」と結婚を申し込みました。父親は、「登美子がいいというのであれば」といいました。登美子は、「少し考える時間が欲しい」といいましたが表情からはＯＫサインが出ていました。それで、結婚が決まったのです。

後で分かったことですが、登美子は、結核に感染した母親の看病中に親子感染したのです。それで、私が札幌に赴任した後、数ヶ月間、社会保険中京病院に入院していました。そのため、登美子のいつもの通勤姿が見当たらないので、他の同級生から「登美子は結婚した」とのうわさが流れたらしいのです。

私たちは、翌月の９月に入籍して10月に札幌で結婚式を挙げました。新婚旅行は、錦の紅葉の北海道を３泊４日のドライブ旅行でした。結婚するまでは長かったのですが、プロポーズから結婚までは、まことに、あっという間のスピード結婚でした。

私の10代は、三田明の「美しい十代」というよりは、ああすれば良かった、こうすれば良かったと未熟だったころの甘酸っぱい悔いが残る10代でした。

今も、時々、当時を懐かしく思い出しています。

文鳥と私

昭和29年、私が中学1年生になった夏、町で小鳥博士と呼ばれる石川さんのことを知りました。石川さんは、そのとき70歳くらいのご高齢でしたが、当時の国鉄を定年退職した後、趣味で小鳥を飼うようになりました。そのうちに飼うだけではもの足りず、小鳥の繁殖について勉強し、所謂、小鳥のペットブリーダーになったのです。

石川さんが飼育している小鳥は、白文鳥、さくら文鳥、十姉妹、紅雀、カナリア、セキセイインコ、ルリインコなどで、更に十姉妹、カナリアには何種類もあってとても賑やかです。石川さんはそのほとんどの繁殖をしていました。

当時の私は、メジロやウグイス、四十ガラなど野鳥の飼育に夢中でした。野鳥は、美しい姿や鳴き声にたまらない魅力がありました。しかし、石川さんの小鳥の繁殖は、産卵やふ化、ひなの成長など、野鳥の飼育にはない魅力がありました。

石川さんの小鳥に興味を持ち、たびたび石川さんの小鳥飼育場を訪れているうちに、私も小鳥の繁殖をやってみたいと思うようになりました。石川さんに相談すると、「是非、白文鳥をやってみなさい」といいます。何故なら、白文鳥は大変に高価で、親鳥は卸値で1羽1400円、若鳥でも1羽700円で取引されるというのです。

このころは、ペットにも高級志向が現れて、石川さんは、毎年1千羽以上の白文鳥の若鳥を卸売業者に供給していましたがそれでも注文に追いつかないといいます。

白文鳥の繁殖をするためには、石川さんから白文鳥のつがいを卸値にして頂いても、小売価格の半分、一つがい2800円で購入する必要があります。

私は、父に文鳥の繁殖をするので2800円を貸して欲しいと頼みました。しかし、父にはそのような話は信用してもらえません。当時の大卒初任給が5千円の時代ですから、2800円といえば大金で、子供が手にするようなお金ではないのです。

結局、私の成績が学年で一番になったら、その小鳥を買ってもいいということになりました。勉強は嫌いではなかったので、普段から予習、復習は怠らずやっていました。学年一番になるために、試験の前には深夜まで詰め込みをしました。

その結果、1年2学期の通知表はオール5になりました。担任の先生も大変喜んで、

「オール5は、大高中学始まって以来の快挙だ」と褒められ父に報告しました。父は、翌日には郵便局で2800円をおろしてきて「小鳥を買っていいぞ」といってくれたのです。以来、父の期待に応えるため卒業するまでオール5を続けました。

私は、近くの八百屋の八百豊さんからリンゴ箱をもらってきて、予め、文鳥の繁殖用の手作り飼育箱を五個準備していました。リンゴ箱の開口部には、上下スライド式の小引き戸も手作りしました。

飼育箱の前面を覆うはめ込み式の目隠し障子戸も用意しました。これは、外界を遮断して、文鳥が安心して産卵するためと十姉妹が安心して子育てするための仕掛けです。文鳥が産卵した後、十姉妹のつがいが抱卵と子育てをするのです。

文鳥が産卵すると、本物の卵と偽の卵（偽卵）を取り替えるための「秘密の裏窓」が必要になります。これも手作りしました。それから、飼育箱を衛生的に保つため、溜まったフンや青菜の食べ残し、粟や稗の食べ殻を取り出して清掃するための引き出し型の底床箱も手作りしました。

親鳥を迎えるために、そのほかに色々準備するものがあります。巣箱は、二部屋造りの箱巣、これも手作りしました。箱巣の子育て部屋には、市販のカナリア用の平巣を利用します。水遣りには、水浴びが出来る小判水入れと、産卵期、包卵期、子育て期に用いる水浴びができないタンク式の水入れ、更に、餌やボレイ末（乾燥した牡蠣殻）や青菜を入れる容器、止まり木、これ等は石川さんに無料で頂きました。

さて、お正月前には準備万端用意がととのい、石川さんから繁殖用に若いつがいを選んで頂きました。文鳥の繁殖期は10月から4月までです。丁度その時は、繁殖期真最中でした。一刻も早く産卵と抱卵の準備をしなければなりません。抱卵と子育て用には、石川さんから十姉妹のつがい二組を無料で頂きました。

米を卵黄に混ぜて天日乾しにすると小さく割れて小米になります。文鳥の親鳥には、粟と稗にこれを栄養食として混ぜて与えます。さらにボレイ末と青菜を与えて産卵を待ちました。青菜は、近くの八百豊さんから時間が過ぎてしおれた青菜を頂いてきて、それを一晩水につけておくと生き返ったようになります。これを使ったので青菜の費用はただでした。稗や粟も父に頼んで一斗単位で安く仕入れることを覚えました。

10日後くらいには産卵し3つの卵が確認できました。これを取り出し、偽卵と取り替えます。その後、産卵する度に偽卵と取り替えました。これ以上産卵しないことを確認して偽卵を回収します。合計で5つの卵を生みました。

白文鳥の卵は、予め用意してあった十姉妹のつがいが一生懸命に育てます。白文鳥は、1週間後には又産卵を始めました。文鳥の親は、子育てをしないとストレスを起こすので、ストレス解消のために3回に1回は子育てさせる必要があります。

このように、産卵と子育てを適度に分業することで、5月末には30数羽の若鳥を繁殖することができました。その年の夏、石川さんの大量の若鳥と一緒に私の30数羽も業者に引き渡され、2万数千円の収入を得ました。

次のシーズンには、繁殖用の文鳥をもう一つがい増やし、子育て用の十姉妹も二つがい増やしました。生産力が倍増したわけです。

それ以降、猫の被害や伊勢湾台風にあったりしながらも、毎年100羽以上の文鳥の若鳥を繁殖して1年の利益が6万円以上にもなりました。文鳥の繁殖は、お金になる楽しみだけでなく、日々観察し、飼育方法を改善する楽しみがありました。

高校時代も名古屋市役所勤務時代も文鳥の繁殖を続けました。お陰で、こづかいの心配もなく、学校生活で必要な費用の半分ほどは父の負担を軽くできたと思います。

小鳥を飼うと、毎日の世話が欠かせません。私が家を空けるとき、1日や2日の餌やりなら父に頼めますが長期に家を空けることはできません。そのため、10月から4月の繁殖期には家を空けることができないという制約がありました。どうしてもというときには、石川さんの飼育場に飼育箱ごと引っ越しをしました。

その後、市役所の夜間就学支援制度を利用して愛知大学夜間部に通いました。更に、愛知大学の昼間部の編入試験を受けて名古屋市役所を退職することにしました。

大学の昼間部に通うようになると、中学生のいる親たちから家庭教師の申し込みが殺到しました。家庭教師をダブルヘッダーで引き受けるようになり、時間的にも余裕がなくなったので文鳥の繁殖を取りやめました。当時としては止むを得なかったのですが、文鳥の世話から離れたことが無性に寂しかったことを覚えています。

大学時代は、奨学金に加えて家庭教師のアルバイトで、思いがけなく、多額の収入を得ました。おかげで、経済的には自立して父に学費の負担を掛けることはありませんでした。若いころの貴重な体験と楽しい思い出です。

私の旅

令和4年春の或る日、NHKEテレでは「おてつたび」という新しいビジネスを紹介していました。若者と各地の果樹園、旅館、店舗などをつないで、お手伝いをして報酬を得ながらその地域と交わったり観光をしたりするというビジネスです。

地域には人手不足の解消に役立ち、若者にはお手伝いをすることで収入を得ながら旅行ができるという仕組みです。それだけではありません。若者にはそれまで経験のない新しい世界を発見したり、新しい人々や地域との交流を経験したりすることで、その後、移住して定着するケースも実際にあるということでした。

修学旅行以外で、私が初めて旅をしたのは高校3年生の夏休み、岐阜県益田郡萩原駅（現在、岐阜県下呂市禅昌寺駅）に近い禅昌寺でした。1ヶ月間、参考書を持ち込んで集中的に受験勉強しました。県立飛騨高山高校の生徒たちもきていました。

高3の同級生で岐阜県益田郡萩原（現在、岐阜県下呂市萩原）から越境入学していた倉地宗兵衛君の紹介でした。倉地君の実家は地域でも有力な林業家だったのです。

禅昌寺辺りの標高は、400メートルほどですが近くに飛騨川が流れ深い森林にも囲まれているので、暑い名古屋とは比較にならないほど涼しい別世界でした。お寺は、生徒や学生には1日当たり食事つき100円（もっと安かったか？）で滞在を受け入れたので、夏休みには常時十数人の勉強や観光目的の若者が滞在していました。

滞在者には、早朝の庭掃除や座禅、お経など勤行が義務付けられていました。勤行が終わってから全員一緒に朝食をするのです。お昼には、前を流れる飛騨川で川遊びをし、日曜日には、下呂や飛騨高山まで足をのばして観光をしました。

飛騨高山高校生から、「高山祭は美しいことで有名、秋の高山祭に是非きて欲しい」といわれてその積りでいましたが、翌月の伊勢湾台風上陸でそれどころではなくなりました。愛知大学時代もやはりアルバイトが忙しくて実現できませんでした。

大学時代は、家庭教師の生徒を集めて4泊5日の夏季合宿勉強をしました。これが好評だったので2年続けました。中学生にとっては、座禅や読経の勤行が珍しい体験として印象に残ったようです。和尚さんの般若心経の解説講話も好評でした。

次に旅をしたのは、高校を卒業する17歳の3月でした。禅昌寺から帰った翌月に、伊勢湾台風が名古屋地方に上陸して我が家も甚大な被害を受けたので大学受験を断念しました。名古屋市役所に就職する直前に、傷心の南紀紀勢線の旅をしたのです。

傷心というのは、大学受験を果たせなかったこともありますが、そのことで、初恋の高木幸子さんに会えなくなったことが大きな敗北感として心に残りました。

次郎物語の「無計画の計画」の旅を真似て、宿泊の予約も取らず乗車時間も決めず土曜日の早朝に家を出ました。名古屋駅から関西線で亀山まで行って紀勢線の鈍行に乗り換えました。途中、那智勝浦と串本で途中下車して観光しました。

宿泊予定の南紀白浜に着いたころは薄暗くなっていたのでお寺を探しました。2軒のお寺を訪ねて、一夜の宿を頼みましたがけんもほろろに断られました。私は、岐阜県の禅昌寺の体験から、お寺というのは、突然の宿泊を必要とする旅の者には一宿一飯を提供するものだと思っていたのです。所変われば品変わるです。

私と同世代と思われる関西弁の若い男に声を掛けられて訳を話すと、「俺の宿泊先で良かったら泊めてやるよ」というので何の警戒もなくついて行きました。その宿泊先は、小高い丘の上にあって周りには小料理屋や宿屋が並んでいました。

若い男は、小料理屋で働く若い女性に出会う度に、なれなれしい態度で、気軽に卑猥な言葉を投げかけながら歩いて行きます。あり得ない状況に頭が混乱して、取るべき行動の判断もできないまま彼の宿泊先に到着しました。

彼の宿泊先は、売春婦の宿泊拠点だったようです。夜の8時を過ぎたころ、大勢の厚化粧の女性たちが坂を下りて夜の街に消えて行きました。

私は、若い男に何の疑いもなくついてきたことを後悔しました。これから何が起こるのか不安でなりません。所持品には、高価な一眼レフ「ミノルタ」もありました。財布には、何があってもいいように1万円ほどの現金が入っていました。

それでも、半ば覚悟を決めて、その若い男と町の公営温泉浴場にいって汗を流しました。若い男の「あの女もこの女もおれの彼女や」などの自慢話も聞かされました。そして、宿泊先に帰ってまんじりともしないで朝を迎えたのです。

私の心配は杞憂に終わりました。朝ごはんを食べ終わって、女親分のような中年の女性にお礼を申し上げ、宿泊のお礼にと封筒に入れたお金を差し出しますと、「学生さん、そんな心配はご無用にして下さい」と私を送りだしてくれたのです。私には「無計画の計画」の旅は無理だと思い、その日、まっすぐ自宅に帰りました。

社会人になってからは、職員旅行や社員旅行が私たちの大きな楽しみでした。名古屋市役所時代もゼリア新薬時代も、職場旅行は私たちのメインイベントだったのです。

行ったこともない観光地や豪華なホテルにワクワクしたものです。

市役所勤務時代には、2度の職員旅行を経験しました。会計課（現在、会計室）一同30名ほどの団体旅行です。収入役を中心に、旅館で撮影した記念写真は今も残っています。当時の私には、特別、盛大な楽しい団体旅行でした。

名古屋市役所には、蒲郡海水浴場の浜辺に面した保養所がありました。この保養所は人気が高く、抽選で当たらないと利用できません。私たちは、いくつかの部署の仲間で手分けして対策を立てて抽選に臨みました。2年の間に3回利用しました。

ゼリア新薬に就職して、札幌時代の社員旅行は、社員の自家用車に分乗してドライブ旅行をしました。恵山や然別湖、登別に出かけました。バスで行く団体旅行と違って、手作りの家族的な旅行という感じが仲間の一体感を盛り上げました。

札幌に転勤した年の秋、支店長が「山口君は麻雀が出来るかい？」といいました。私は、名古屋支店で、先輩から若干麻雀の手ほどきを受けていたので「下手ですが、ルールは分かります」と答えたのです。「下手でも、麻雀が出来れば大丈夫だ」といわれ、急遽、国保町立利尻病院（現在、国保利尻中央病院）の担当になりました。

年に秋と春の2回、土曜日に利尻島に出張します。町立利尻病院では、内科担当の院長と外科担当の副院長が常勤医師で、私が利尻島に着くと院長と副院長、事務長が待っていて、その3人と麻雀をするのです。

利尻島出張の目的はもちろん麻雀ではありません。病院で使用する医薬品を買ってもらうのが目的です。会社の医薬品リストを提出して、更に、そのとき買ってもらいたい重点品目を提出します。事務長がこれこれを購入しましょうと商談します。

半年分の注文を決めます。大体、300万円ほどの受注です。その日は、お昼過ぎから夜遅くまで麻雀のお相手をして利尻島の旅館で宿泊し翌日朝帰るのです。

町立利尻病院は支店長が開拓していました。支店長は麻雀ができませんでしたが仕事のために懸命に覚えたのです。そして、私が引き継ぎました。開業を予定する医師は、町立利尻病院で5年間病院長を務めて貯めたお金で開業したのです。

その開業した院長が、引き続き我が社の製品を使ってくれるので、支店長は利尻ルートを大切にしていました。私にとっても、旅館でタラバガニやアワビ、銀タラ、キンキなどをたらふく食べられるので本当にうれしい出張ルートでした。

札幌丘珠空港から稚内空港を経由して利尻空港までセスナ機で出張しました。セスナ機に乗るのは初めてだったので、これも、一寸した冒険的で贅沢な旅行気分でした。

１９８０年代から社員旅行の衰退が始まりました。課単位で、食事会あるいはボーリング大会などの縮小化です。そのうち係単位になり、社内の団体旅行が消滅しました。世の中が豊かになり、個人的にどこへでも旅行できる時代になったのです。

結婚して10年後の昭和55年（１９８０年）ころからは家族旅行を楽しむようになりました。主に、会社の保養施設を利用しました。修善寺や熱海、上高地の保養所には度々出かけました。距離的にも家族のドライブ旅行に適していたのです。

１９８４年春、勤続20年の表彰を受けました。副賞はＪＴＢの旅行券でした。旅行券の使用期限ぎりぎりの2年後の春に夫婦で香港旅行に出かけました。これが私の初めての海外旅行です。二人だけの二度目の新婚旅行のような香港旅行でした。

１９８６年秋には米国薬業研修視察団の一員として米国各地を訪問しました。米国で得た貴重な経験は、その後の会社人生の大きな財産になりました。ニューオーリンズで開かれたＡＧＭ（米国消化器病学会）やシドニーで開かれた世界消化器病学会にもマーケティング情報収集を目的に参加しました。

１９８７年、ＮＨＫの大河ドラマ「独眼竜政宗」で仙台ブームがあって、翌年、家族で仙台を旅行することになりました。家族４人で青葉山公園の伊達政宗公騎馬像のまえで記念写真を撮っていると、ＭＲ（医薬情報担当者）時代の部下の男女が私に気づかず写真を撮っていました。職場恋愛のカップルでその後結婚しました。

子供が成長して平成時代になると、11月22日が「いい夫婦の日」として夫婦旅行のブームが起きました。いい夫もそうでない夫も、それまでの「妻へのねぎらい」を意識して、いい夫になるために頑張ったのです。もちろん、私も頑張りました。

時代とともに私の旅は変化しました。薬局事業を起業した後、長廻紘先生をキャップとする日韓大腸がん研究会や日台消化器病研究会のお手伝いをすることになり、韓国、台湾には何度も足を運びました。お陰で、私の世界も広がりました。

韓国では、ホテルの周辺以外ほとんど観光らしいことはできませんでしたが、何軒ものレストラン巡りをしました。韓国料理では、韓国宮廷料理や参鶏湯など高級料理に出会いましたが、何度食べても飽きないのは白菜キムチと焼肉でした。

平成22年（２０１０年）春、高校卒業50周年を祝う同期会が開かれました。私にとっては、同期生との50年ぶりの再会です。私の卒業年度のクラスは、男子ばかりの理工系進学クラスだったので、クラス会は、卒業後一度も開かれなかったのです。

女子のいるクラスではクラス会を開いていました。男子ばかりのクラス会は誰もやる気が起きなかったのでしょう。

中学校時代の同期会（32年巳午会といいます）には毎回欠かさず参加しました。還暦祝いや古希のお祝い、喜寿のお祝い、傘寿のお祝いなどには、その都度、神社に記念の灯篭を寄進するとともに神主を招いて盛大に祝いました。

傘寿のお祝い会の2年後、半寿のお祝い会の案内が届きました。半寿の半は、八十にさらに一をひいた文字で八十一を意味するのです。よく考えたものだと感心しました。私の同期生は、何かにつけてお祝い会をするのが好きなのです。

還暦祝いを機会に、毎年、1泊2日の同期会旅行が実施されることになりました。私は、仕事のスケジュールをやりくりして前泊してできるだけ参加しました。薬局事業をリタイアしてからは、私にとって、楽しい年中行事になっています。

70歳を過ぎてからは、頻繁に、小中学校、高校時代の同級生に会うために東京と名古屋を往復しました。懐かしい若いころの同級生との日々を思い出して急に会いたくなるのです。新型コロナ禍の中でも、度々少人数の会合を開きました。

会社時代に仲良しだった唯岡先輩がいます。唯岡さんに会いたいと思い福岡にもたびたび足を運びました。唯岡さんは、大腸がんの手術をして療養していたのです。今ではすっかり元気になりました。気が合うので話しがはずんで楽しいのです。

名古屋や福岡への旅は、私にとっては、ほどよい短期旅行になりました。この3年間、新型コロナ禍で回数は減りましたが、短期旅行は、私の若かったころの思い出の旅でもあり私の気分転換の旅でもあるのです。

「おてつたび」の出現には、若者の旅がさらに進化する可能性があると感じました。地方での仕事や生活体験の場として、新しい人生発見の旅として、場合によっては、若い男女の出会いの場としていろいろ可能性を秘めていると期待しています。

私の札幌すすきの

昭和40年3月、愛知大学を卒業してゼリア株式会社（現在、ゼリア新薬工業株式会社）に就職し、名古屋支店大衆薬部門に配属されました。その3年後、早々と札幌支店に転勤することになりました。福岡支店から転勤してきた、中年やくざ風の新任支店長と対立して、札幌支店医療用医薬品部門に飛ばされたのです。

当時は、社長が労働組合との連夜の団交による過労のため、急性糖尿病を発症して経営に空白が生じていました。この経営の空白に乗じて混乱が起きていたのです。

九州と大阪の支店幹部が、「青年役員会」自称「青役会」なるものを結成して「西日本ゼリア独立」を叫んで社内で不穏な動きをしていました。クーデター事件です。私は、創業社長に魅力を感じて入社していたのでこの動きに反発していたのです。

上手く行かなかったら会社を辞めるつもりで札幌に転勤してみると、札幌はクーデター事件とは何のかかわりもないことを知りました。そして、上司も同僚も底抜けに明るく、良く働きよく遊ぶという楽しい職場であることが分かりました。

職場と「すすきの」がほどよい距離だったので、仕事が終わると、たびたび「すすきの」の居酒屋で酒盛りをしました。今では、高級魚の「はたはた」や「キンキ」の一夜干しが安く食べられる時代でした。ハタハタは、今と違って型も大きくイクラくらい大きなコッコ（卵の方言）をはらんでいました。今ではあり得ない話です。

会社では、四半期ごとに報奨金が支給されました。札幌支店は、年間を通して極めて成績が良かったので、ＭＲ（医薬情報担当者）のふところは裕福だったのです。

それでも、お金が無くなると仲間の家に集まってラム（仔羊の肉）を何kgも買ってきてジンギスカン鍋で飲み会をしたり、誰かが生干しの「身欠きにしん」を買ってきて、会社のストーブで焼いてビールパーティーをしたりしました。

当時、私はお酒に弱く、ビールの2~3杯も飲むと目が回っていました。医者と付き合うには、お酒とゴルフができなければ仕事にならないといわれて懸命に飲む練習をしました。夜、寝る前にはビールやウイスキーの水割りを飲みました。酔って目がまわると布団に入るのです。懸命の努力の結果、人並みに飲めるようになりました。

札幌支店では、支店長の人望が極めて高く統率が取れていました。医療用医薬品部門では、全支店の中で飛びぬけて一番の成績を上げていたのです。当時、北海道市場は5%といわれましたが、毎月の売り上げ実績は全国の10%に達していました。

支店長は、いち早く「目標管理」を取り入れて仕事の取組みと結果評価を解りやすくしました。社員一人一人が主体的に仕事に取り組んだのです。毎月の販売会議も楽しい会議でした。他の支店では、割り当て予算を組んでいた時代です。

札幌で一番楽しい世界は「すすきの」でした。行く先々の飲み屋の女性はみな美人に見えました。そのころは、ミニスカートの女性たちがカウンターの上でディスコダンスを踊るお店が話題を呼んでいました。まるで、後々のバブル期のようです。

「すすきのグリーンビル」の3階に、ロシア人とのハーフで美人で品のよい中年のママがとても色っぽいお店がありました。このお店のママは、私たちにはお店で支払いをさせないで、毎月、月末に会社に来て飲み代の精算をしました。

私たちは、借金取りのママがお土産を携えて来社するのを大歓迎しました。月末は、地方回りの社員も全員会社に戻るので、経費精算が終わると仮払いのお金で飲み代の付けを支払い、夜には、支店長を先頭にママのお店で深夜まで飲んで騒ぎました。

「すすきの」の一角では、ＳＴＶ（札幌テレビ）の美人スタジオミュージシャンがピアノバーを開いていました。サラ・ボーンやヘレン・メリル、ペギー・リー、ナット・キング・コール、アンディ・ウイリアムスなど、誰でも一度は聞いたことがあるスタンダードナンバーを弾き語りしていました。私は、このお店でアメリカンポップスを10曲ほど教えて頂いて私の得意ナンバーにしました。

そのピアノバーの近くに、札幌では名の知られた菊池画伯が経営するクラブ「ソワレ・ド・パリ」がありました。クラブ「ソワレ・ド・パリ」は、画伯が愛したパリの夜会風情を再現したお店です。武蔵野音大出身の４人の女性シャンソン歌手が歌っていました。50年以上過ぎた今も形を変えて存続しているそうです。

親しくしていた市立札幌病院整形外科の宝住与一先生が、「僕のよく知っているお店だから連れて行ってやるよ」ということになり足を踏み入れることになりました。クラブ「ソワレ・ド・パリ」には担当病院の医師たちが通っていました。

ホステスさんは、ファッションモデル風やパリのお嬢さん風、踊り子風などに扮して楽しく働いていました。４人の美人シャンソン歌手も、出番以外の時間はホステスさんたちと一緒に接客していました。私は、歌がうまくて一番かわいいシャンソン歌手を贔屓にしました。そして、このお店は私の営業拠点の一つになりました。

宝住先生は、その後、故郷の栃木県に帰って女医さんと結婚したあと開業しました。宇都宮市医師会長、栃木県医師会長、日本医師会副会長として活躍し、診療活動のかたわら医師会活動に力を注ぎました。私の薬局事業の起業にも協力して頂きました。今もお付き合いが続いて、私の一番長いお付き合いの医者になりました。

「すすきの」にゼロ番地と呼ばれるエリアがありました。ある日、私が担当する病院の医局で、ゼロ番地に夜な夜な男娼が現れて「ちょいと兄さん、遊ばない？」と客引きをしているという話題で盛り上がりました。「誰か確かめてみないか」ということになり、私は、Ｔ製薬のＡさんと一緒に恐いもの見たさにゼロ番地に向かいました。

Ａさんは物陰から指をさしました。そこには、３人の女性（男娼）が佇んでいました。

私は、男娼というものはいかついすね毛の男が赤い口紅を塗った怖いものだと思っていました。ところが、そこに佇んでいた3人の男娼は、美しい女性そのものでした。特に、白いコートの男娼は、映画女優かと見紛うばかりの美女です。

まさかと思いましたが、よくよく観察してみると声が少し男性っぽく思えるところがありました。Aさんは、「すすきの」と「遊び」に明るいことで医師たちには信頼を得ていました。そのAさんがいうのなら間違いありません。

東京でも、新宿や池袋で男娼は何人も見ましたが、あんなに美しい男娼は特別でした。こんなところにも、「すすきの」にはお洒落っぽさを感じたものです。

市立札幌病院の内科に向井朗先生がいました。専門は内分泌で、一般内科外来と甲状腺外来を受け持っていました。先生は、知的で甘いマスクのハンサムで爽やかさがただよう紳士です。病院の野球チームでは名捕手として活躍しました。

ある日、先生と内科医局の数人の医師とで暑気払いの飲み会に出かけました。会場は、「すすきの」一番の有名ビアレストランです。店主の歓迎を受けて着席すると、早速、店主は舞台に向けて手を差し伸べ歌うように先生を誘います。

お客も歌を催促して、客席からは「向井コール」がわき起こるのです。白髭の老バイオリニストに合わせてドイツ民謡を2曲ほど歌いました。盛大な拍手を受けて、一緒にいる私たちも鼻高々でビールが一段と美味しかったことを覚えています。

向井先生は、NHKのど自慢全国大会歌謡曲の部で優勝していました。当時のNHKのど自慢全国大会は、民謡の部と歌謡曲の部に分かれていました。そのころ、民謡出身で若いころの細川たかしが、メジャーデビューの前で北海道の人気歌手として売り出していました。向井先生も「すすきの」では有名歌手だったのです。

すすきのグリーンビルに、Mさんという美人ママと若い女性従業員3人が切り盛りしている小さなカウンターバー「ポリアンナ」がありました。12席ほどのお店でしたが、いつも超満員で、座席の後ろには10人ほどのお客が文句もいわないで立ち飲みしているのが普通でした。

実は、Mさんは帯広から離婚を機に札幌に出てきたのです。そして、たまたま知り合いの医者に相談しました。その医者は、彼女の同郷の先輩でもある向井先生だったのです。Mさんは2~3歳の娘と実の母親の3人で暮らしていました。家計を支えるため、Mさんが大黒柱となって稼がなければなりません。

それで、「Mさんの美貌を活かして小さな飲み屋か小料理屋をするのが一番良い」ということになりました。資金は医者仲間で集めました。出資した医師は10人以上にもなったそうです。上手くいったら利子をつけて返済する約束だったのです。

開店の日には、向井先生とお祝いの品を携えて駆け付けました。急遽採用した若い女性従業員も張り切っていました。開店早々から満員の盛況が続きました。お客商売は、集まるところにお客が集まるという不思議なところがあります。

そこに、出資者たちがお友達を誘って飲みに来ます。そのお友達が、さらにお友達を誘って飲みに来るので座席の後ろも満席状態になりました。

Mママの美貌は、すすきのグリーンビルの中でも際立っていました。Mさんは、山本富士子とフランソワーズ・アルヌールを足して2で割ったような類いまれな美貌の持ち主で、色気もあり知的でもあるという得もいわれぬ魅力がありました。

独身の医者も家庭を持つ医者も、Mママの美貌の前には子供のように素直になりました。大抵のお客は、仕事が終わってMママのお酌で楽しく会話して、ほろ酔い気分で家路をたどるという幸せに満足していました。

ポリアンナは全てが順調でした。お店は連日超満員だったので、1年もしないで出資金の全額を返済することができたそうです。

Mさんとは、お店が開店してすぐにお友達になりました。年齢が近くて気心が合ったのです。ボーリングをしたり、映画のお供をしたり、Mさんのご家族やお店の従業員たちと山菜取りや食事をしたりしました。

ポリアンナには、市立札幌病院の医師が毎日のように通っていました。度々、医局の医師からポリアンナの席取りを頼まれました。お客が集まる前にお店に行かなければならないので、そのときはポリアンナで夕食のラーメンを摂りました。1週間に2回は頼まれたと思います。そんなこともあってお友達になったのです。

夏のある日、Mママは、スカイブルーのTシャツに夏用の軽い上着という軽快な姿で開店の準備をしていました。MママのTシャツがとてもきれいだったので、一言「素敵ですね、ぼくの好きな色です」と感想を述べました。

「ホント？　じゃーあげる」といって、お店の一角にある着替え室で他のTシャツに着替えてスカイブルーのTシャツを私にプレゼントしてくれたのです。それからは、このTシャツが私のお気に入りのゴルフウエアになりました。

そんな日常が1年半ほど過ぎた夏、私は、今の家内と結婚することになりました。「登美子のことは必ず紹介する。Mさんも結婚する相手が決まったら必ず私に紹介する」

と約束しました。私は、約束通り、登美子に「すすきの」を案内するといって何軒かのお店を連れ廻し、それとなくポリアンナに寄ってMさんに紹介しました。

次の年の初夏、ポリアンナで事件が起きました。ある独身医師が、自分とあるお客の扱いが不公平だとくだくだ文句をいい出しました。そのうちに、話が誹謗中傷に及んだとき、Mママの眉がキッと上がって平手がその医師の頬に飛んでいました。

いつも笑顔を絶やさないMさんでしたが、つい手が出てしまったのです。お客が少ない早い時間の出来事にも拘わらず、すぐにその噂が広がりました。

それから1ヶ月もたたないある日、Mさんに横浜からきていた独身転勤男性と結婚するという突然のうわさが広まりました。その彼は、熱心にポリアンナに通っていたそうです。私は、彼とは会ったことがありませんが、向井先生は、何度かお店で会っていて知っていたそうです。その1ヶ月後にポリアンナは閉店しました。

何人かのお客は、あの平手打ち事件が原因ではないかと噂しました。Mさんは、連日満員のお客にいつも笑顔で接していましたが心の中ではストレスがたまっていたのではないか、本当は、平穏な家庭生活に憧れていたのではないか、その想いがあの平手打ち事件で目を覚ましたのではないかというのです。

私の結婚もMさんに影響したかも知れないと感じました。独身時代の私は、仕事柄、時間に制約されない生活をしていました。ところが、結婚以来、8時には帰宅する新婚生活を送っていたのです。私は、結婚生活の幸せを味わっていました。同世代のMさんがそれを感じない訳がないと思ったのです。

後年、向井先生が学会で上京したとき、銀座泰明小学校に近いドイツ風レストラン「アルテリーベ」で食事をしました。向井先生は、「アルテリーベ」のママのピアノに合わせて「イパネマの娘」など軽い歌を2～3曲歌いました。

その帰り道、銀座の洒落た喫茶店に寄って「横浜のMさんに電話しようよ」ということになり、お店の公衆電話を借りて電話しました。Mさんは、「懐かしいわね！」といって喜んでくれました。向井先生は、「お幸せですか?」といって懐かしそうに短い挨拶をしてご自身も元気にやっていると近況報告をしていました。

あれから50年が過ぎましたが、Mさんのことは今でも昨日のことのようにはっきりと覚えています。今でも、ときどき懐かしく思い出しています。

第四章　時事問題

人生100年時代、年々、高齢シニアが元気になっています。趣味の会や健康の会、ボランティアの会など様々な領域で活動して元気です。最近は、短時間のアルバイト仕事をするシニアも増えました。体と頭を働かせることがシニアの元気のみなもとなのです。元気なシニアは、時事問題にも強い関心を持っています。

高齢シニアは、現役から久しく遠ざかっていても、世の中の動き、時事問題には無関心ではいられません。人それぞれに、現役時代に培った考え方や世の中に対する想いを抱いているからです。ですから、時事問題が気になるのです。

私の中学時代の同級生M君は、ある大手銀行を早期退職したあと、70歳を過ぎるまでいくつかの企業で取締役や顧問・相談役を務めました。

その後のM君は、長年の肥満がたたって、変形性腰椎症が悪化して腰痛症に苦しむようになったので、昨年、脊椎外科手術を受けました。室内でストレッチングや筋トレ、ルームランナーで肥満対策とリハビリに励んでいますが、それ以外の時間は、テレビを2台置いて国内外のニュースをチェックしているそうです。

これがM君の元気を支えています。国内外のニュースに接してあれこれ思考を巡らせるのです。M君は、子供のころから運動とは無縁の生活を送りました。M君にとっては、あれこれ考えることが、気分を晴らして運動がわりになっているのです。

シニアにとって運動は大切ですが、時事問題に触れて思考をめぐらすことも元気のもとになっていることが解ります。

投資は儲かるか？

今、公的年金の三階或いは四階部分は、確定拠出年金（401k）に移っています。つまり、公的年金で不足する老後資金は、自己責任で賄えということです。聞きなれない「確定拠出」という言葉は、国民年金や厚生年金のように決められた制度の下で決められた金額が支給される「確定給付」に対して当てられた言葉のようです。

つまり、企業や個人がお金を出して、何らかの投資行為を行って積み立てるのです。

しかし、自分で運用することは出来ません。申し込みをする金融機関の商品でしか運用できないのです。金融機関には収益をもたらしますが、投資する側にはリスクが伴います。元本割れの危険がある上に、商品によっては諸々の手数料を徴収されるからです。

何だか、金融機関のために作られた制度のようにも見えます。どこから見ても、金融機関だけが有利な制度です。金融機関には全くリスクがないのです。

制度としては、DC（企業型確定拠出年金）やiDeCo（個人型拠出年金）あるいはNISA（少額投資非課税制度）などがあります。401kは、政府が利益への課税負担を免除して、投資する企業や個人を支援するというかたちを取っています。

課税負担を免除しているといっても、金融機関がこの制度によって利益を増やせば政府に入る税収は安定的に確保できて損をすることはありません。如何にも、財務省が考えそうな制度です。所管は厚労省ですが、裏で操っているのは財務省です。

昔から、厚労省（厚生省）は財務省（大蔵省）の子会社のような存在です。厚労省は、全省庁の中で最も大きな予算を抱えているので、財務省にとっては利権を生む温床になっているのです。古くから、厚生官僚は大蔵官僚に支配されてきました。

個人向けのiDeCoにはかなり問題がありそうです。先ず、iDeCoの場合、一度加入すると原則60歳まで脱会できない上に引き出すこともできません。

積立修了時期が60歳と決まっているからです。但し、最近、期間については柔軟に運用（積立期間と引き出し時期が延長できる）しようという考えも検討されているようです。それでも、若い人が加入した場合は引き出すには数十年も先になります。その間、何が起きるか分かりません。掛け金が増えて受け取れる保証はないのです。

４０１ｋの個人顧客（ｉＤｅＣｏ）には、金融機関が投資信託を盛んに売り込んでいます。金融機関にとって一番儲かる商品は投資信託だからです。素人が投資行為をするわけですから、これからの時代いろいろな問題が想定されます。

この項を書いていた10月、新聞の書籍広告欄に荻原博子さんの『買うと一生バカを見る投資信託』が掲載されました。早速、購読しますと、帯には「金融商品は損をさせる罠だらけ！」と大書されています。日頃、私が考えていた思いと同じです。

ｉＤｅＣｏやＮＩＳＡについて詳しく解説しています。「投資信託」は、金融業者にだけメリットがあって、投資する側にとって如何に不利で危険なものか具体的に詳しく実例を交えて述べています。流石、荻原さんです。解りやすく書かれています。

結論として、老後の生活は、ｉＤｅＣｏやＮＩＳＡに頼らなくても生活の工夫や人生設計で十分乗り切れることを説いています。政府版「老後のための投資」で資金を失うことの方が国民にとって危険が大きいのです。若い世代だけでなくｉＤｅＣｏやＮＩＳＡに関心がある方、全世代に必読の書です。お勧めします！

４０１ｋ以前の時代、私と友人・知人の投資にまつわる話をしたいと思います。

私の中学時代の同級生Ｓ君は、若くして東証一部上場企業の部長を務めていました。彼は、「我々の老後は年金を当てにできないので自己責任で資産形成する」といって株式投資をしました。そして、バブル期には大変な資産家になりました。

その後、バブルがはじけて株式相場が暴落に暴落を重ねました。Ｓ君は、信用取引をしていたので証拠金が底をついて想像を絶する負債を背負うことになりました。当然、仕事にも影響して有力候補だった取締役をも棒に振ったのです。

私は、昭和50年代、栃木県のあるゴルフ場の会員権を60万円ほどで購入していました。平成元年に、将来有望な新設ゴルフ場に買い替えるため売却したところ、10倍以上の６５０万円で売れました。これが悪かったのです。老後資金にと、将来値上がりしそうなゴルフ場を物色して、更に、３ヶ所の会員権を購入しました。

当時、私もＳ君に株式投資を勧められました。私の祖父は、大正後期から昭和初期の債権暴落時代に大きな損失をこうむったので、父からは、株式・債券には手を出すなといわれていました。それで、ゴルフ会員権ならいいだろうと考えたのです。

ゴルフ会員権も株式と同様に暴落しました。会員権は、最終的には紙くず同然になったのです。薬局事業会社を創業して何年か経ったころ、これを売却して節税対策にしましたが、私にとって、３０００万円を超える大きな損失になりました。

平成21年（２００９年）、リーマンショックの翌年の４月、ある友人が「今、株を買っておけば期待するほど儲からないかもしれないが損をすることはない」というので「なるほど」と、当時の預金を全額株式投資に投入しました。

キヤノンやエーザイ、小松製作所、日東電気、良品計画など個人的に好感を持っていた会社の株式を数千株単位で売買しました。ネットで売買できるシステムだったので、証券会社の営業もなく売買手数料も安価で投資環境には恵まれました。

そのころの株価は値上がりの時代でしたが、慎重には慎重を期して、株価が10％以上あがったら一度「確定売り」をして、次に下がった時点で買戻しをしました。

一方で、もし値上がりしなくても配当を楽しめるよう高配当株式も選びました。

そのような株式取引を繰り返していましたら、６～7年後には４千万円を超える利益になりました。古今東西、株式取引で財を成したのはケネディー家以外にはいないという話を聞いていたので、ここで、株式取引を止めることにしました。

そのころ、株式売買益と配当金に対して「上場株式等に係る軽減税率」（通常は、売買利益と配当金に20％が課税される。これを、リーマンショック後の証券市場を後押しするため、10％に軽減する期間限定の法律）の廃止があったことも止めるきっ掛けになりました。証券市場がリーマンショック以前の活況を取り戻したからです。

以前、株式投資に大衆が参加するようになると、相場が過熱して何れは暴落するという話を聞いたことがあったのです。確か、米国で、新聞売りの少年が株式投資をしたという話を聞いた著名な投資家が、株式投資を止めたという話だったと思います。

今の日本の株式相場は、政府と日銀による官製相場なので当時の米国を参考にすることはできないのですが、兎に角、株式投資に関しては慎重の上にも慎重を期しました。その結果、4千万円を超える利益を手にしたのです。

しかし、個人的には株式取引で儲かったという実感はありません。良品計画の株価は当初3千円後半でした。何か月かして、5千円前後になり何回目かの確定売りをした後、2万5千円以上（その後、株式分割があった）になるまで1本調子で上がり続けたのです。それで、買戻しをするタイミングを逃しました。

もし、確定売りをしないで持ち続けていたら、良品計画だけでも億を超える利益を得ていたことになります。この一件で、私は、儲かっていたのに損をしたという印象の方が強く残り、株式投資熱が急激に冷めてしまいました。

私の場合、素人の株式取引だったのです。後になって、株式を売買するタイミングは、「株価が上がっているときに買い、株価が下がっているときに売る」ことが鉄則だと知りました。私は、この鉄則の反対をやっていたのです。

私のようないい加減な素人投資でも、株式投資は儲かる時代でした。私が株式投資を止めてからも、株価は値上がりを続けました。異次元の金融緩和で日銀が債券・株式を買い続けたからです。日本経済は、失われた30年が続いて物の価格が上がらないデフレの中で、今では、土地も大きく値上がりして資産だけがバブルになりました。

リーマンショック後から株式売買を始めた人は多いと思います。そのほとんどの人は大なり小なり利益を得ています。中には、億単位の利益を得た人たちもいます。証券会社もこのことを宣伝したので、株式投資は儲かるというイメージが定着しました。

しかし、これから株式や債券で投資をしようとする人たちには、１００年に一度あるかないかの株式大暴落後の幸運を経験することはないかも知れません。投資については、よくよく勉強して取り組まないと危険もあることを知るべきです。

ある時、同郷出身で東大病院時代から長年親しくしているA先生（当時K医科大学の学長をしていた）から電話が入りました。私が株式取引をしていることを誰かに聞いたのです。「手元に、○○○○万円の預金があるが株を買いたい。株は何処へいったら買えるのか？　どんな株をかったらいいのか？」というのです。

それで、素人の私が株式取引の先生をすることになりました。先ずは、優良企業の中でも自分が好感を持っている会社を選ぶこと、次に、経営の安定度を調べるために純資産或いは自己資本の確認をすること、そして、できるだけ配当の高い会社を選ぶこと、つまり、株式取引は値上がりと配当の両方を楽しむのが良いと持論を述べました。そして、私なりの確定売りと買戻しのタイミングも伝えておいたのです。

まさかと思いましたが、先生は、パソコンで株式売買をする手順を覚えるのは煩わしいといって店頭で株式を買ったそうです。証券会社の店舗に行って、子供のころ、駄菓子屋で「飴を下さい！」といったように「株を下さい！」といったのです。

それから10年近くが経ちその後の様子を聞いてみました。「株式を買ったままでその後何もしていない。今では、持ち株が倍以上の金額になっている」というのです。先生は、学長を退任した後も様々な学会の理事・財団理事長などの仕事が忙しく、証券会社の報告だけを見ていて個別の銘柄の値動きには関心がありませんでした。

結果的には、利益の確定売り、買戻しなどに時間と労力を費やしていた私よりも、A先生の何もしない方が、投資効果が高かったということになりました。しかし、荻原さんは、『買うと一生バカを見る投資信託』の中で、「ほったらかし投資は損をするだけです！」と述べています。A先生に注意喚起する必要があります。

もう二、三私の経験を述べたいと思います。

私が薬局事業を創業した2年後、2軒目の赤羽西口薬局を開局しました。薬局の隣りには中央信託銀行（その後、中央三井信託銀行、現在、廃業）がありました。

ある日、支店長が、超優良企業を組み合わせた投資信託があるので説明を聞いてほしいというのでお会いしました。あまりに熱心に説明するので、それではお付き合いさせて頂きますといって１００万円の投資信託を購入しました。

当時の経済環境も悪い方に向かっていました。1年後に解約しましたが、清算金は、丁度半分の50万円ほどでした。投資信託というのは、中身はブラックボックスになっていて売り手に都合よく出来ています。営業マンの腕の見せどころです。

投資信託は、売り手にとって最も高収益商品です。利益が出ていても出ていなくても、約款に記されている様々な手数料が徴収されます。金融商品は売り手に損失が発生しないようにできています。リスクはすべて買い手側にあるのです。

リーマンショックは、サブプライムローンの劣化が原因でした。複雑な金融工学を駆使して、投資信託など様々な債権にサブプライムローンを組み込んだのです。これが世界中にばらまかれて、サブプライムローンの破綻が金融界の破綻になりました。

私が薬局事業会社を他社に譲渡して引退した後、親しくお付き合いしていたメガバンク赤羽支店の課長からお願いがありますといわれてお会いしました。メガバンクの中にバーチャル証券会社を設立していましたが苦労しているようでした。

そのときは、トルコリラは金利が高いという説明を受けました。更に、為替相場は下落していましたがいずれは反転が期待できるということでした。毎年の外国証券報告書には、商品「債券」通貨名「トルコリラ」と記載されていたので、恐らく、私が引き受けたのはトルコ国債だったと思います。信頼関係で引き受けたのです。

数年たって、清算したところ350万円ほどの債権が182万円になっていました。

トルコリラが更に暴落していたのです。利息は1年間で10％とか20％ですが、為替相場は短期間に大きく下落するので想像していた以上に悪い結果になりました。そのメガバンクの課長は、すでに転勤し窓口は縮小され池袋支店に統合されていました。

証券会社や銀行から勧められる投資話には慎重に対応する必要があります。彼らは、自社の利益になるか、又は、自社のマイナスを他に転嫁するために日夜奮闘努力しているのです。お客のために働いているわけではありません。先ずは、銀行や証券会社の担当者が「お願いします」という話には乗らないことが無難です。

令和4年5月と9月のＮＨＫテレビ「クローズアップ現代」では、悪質な借金投資の実態を放映していました。詐欺師集団が若者を狙って不正融資を指南して、価値の低い不動産を高値で購入させる手口です。詐欺師集団は莫大な利益を懐にし、若者たちは不当に数千万円という過大な借金を背負わされるのです。

同じく、8月、朝のＮＨＫテレビでは「違法投資で若者を死に追いやる」を放映していました。仮想通貨投資に名を借りたマルチ商法です。世の中には、詐欺が横行していることを忘れてはなりません。悪質な投資詐欺話に騙されて自殺する若者の話を伝えていました。若者は社会経験が浅いので狙われ易いのです。

若者だけではありません。高齢者の資産を狙って投資詐欺が横行しています。一時は、毎週のようにニュースになりました。今も、高齢者を狙った特殊詐欺が後を絶ちません。悪人たちは、お金を狙って詐欺や強盗、殺人などの犯罪を繰り返しています。

お金のために悪事を働く犯罪人は浜の真砂のように尽きることはないのです。

日銀黒田総裁

令和4年（2022年）6月6日、黒田日銀総裁は、きさらぎ会（共同通信社が主催する勉強会）における講演の中で「家計の値上げ許容度も高まってきている」とした上で、「日本の家計が値上げを受け入れている間に、賃金の本格上昇にいかにつなげていけるかが当面のポイントだ」などと述べました。

その根拠は、国民が新型コロナ禍の中で消費活動が委縮した結果生じた国民貯蓄の増加（強制貯蓄といわれている）50兆円の存在がありました。加えて、東京大学経済学教授の渡辺努氏が、2022年5月に実施した「5か国（英国・米国・カナダ・デンマーク・日本）の家庭を対象としたインフレ予測調査」の結果でした。

その調査の主な結果とは、①日本の家計のインフレ予想が上昇した。②日本の値上げ耐性が高まった。③自分の賃金の向こう1年間の見通しについて、欧米では上昇の予想が多いのに対して、日本の家計は「賃金は変わらない」との回答が過半であり顕著な差があるなどでした。②の値上げ耐性（許容度と同じ）とは、値上げの中でも消費者が何とかやりくりして同じ商品か代替え商品を買い続けるという消費行動をいいます。

強制貯蓄50兆円の大部分は、富裕層あるいは高所得者層の貯蓄です。低所得者層では、日々、苦しい生活を強いられているのです。コロナ禍以前の２０１８年統計では、日本の相対的貧困率（年間所得１２７万円以下）は15・４％でした。

高齢の単身生計者あるいは非正規雇用者（年間平均所得１３３万円）そして一人親世帯の多くが相対的貧困に当たります。加えて、２０２０年初頭から感染が拡大した新型コロナ禍では、新たに１２００万人の人々が貧困生活に陥ったとされています。

一方で、渡辺氏のインフレ予測調査の内容は、２０２０年3月、２０２１年4月、２０２2年5月時点での3回のアンケート結果（同一項目の調査回答率変化）を分析しています。回答した全員が考えている行動パターンや予想ではありません。

一つの傾向を示したものです。特に、②の値上げ耐性については、強制貯蓄の場合と同じように、反対側には値上げに耐えられない多くの人びとがいるのです。
③の向こう1年の賃上げ予想については、好調な経済活動を続けている欧米に対して、日本では賃金が上がらない「失われた30年」が続いているのです。国民は、賃金の上昇など将来に希望を持てる状況にはありません。つまり、あきらめ観の蔓延です。
その結果が、賃金の向こう1年間の見通しアンケートについて、欧米では賃金の上昇予想が多いのに対して、日本の家計では「賃金は変わらない」との回答が過半数になりました。渡辺氏には、肝心な社会背景に関する考察が欠けています。

このあきらめ観の蔓延は、多くの国民が、失われた30年の中でいかに日本の政治経済に期待を持っていないかを表しています。つまり国家エネルギーの衰退です。

渡辺氏は、2022年6月4日付け東洋経済オンラインのインタビュー記事の中で、米国の金利引き上げ予測に対して、ご自身の調査結果をもとに「金融引き締めは絶対にあり得ない。物価・賃金上昇の好循環を取り戻す好機到来！」と力説しています。

この時期の日本のデフレ状況で、「金融引き締めは絶対あり得ない」ことぐらいは一般社会人なら誰でも解っていることです。なにも、経済の専門家が声高にいうことではありません。但し、為替対策としての小幅な金利政策はあっていいはずです。

黒田さんが、早々と低金利政策の継続を世界に向けて宣言してしまったので行き過ぎた円安になりました。もう少し、政策に工夫があっても良かったのです。

続く渡辺氏の発言、「物価・賃金上昇の好循環を取り戻す好機到来！」については、昭和48年（１９７３年）と昭和54年（１９７９年）の二度にわたるオイルショックのときのように、大幅な物価上昇を受けて、その直後、それぞれ勤労者賃金が大幅に上昇したことが渡辺氏の脳裏に浮かんだのだと思います。

当時は、高度経済成長の中で1億総中流社会といわれていた時代です。今とは違って国家の成長エネルギーは旺盛で、国民には、「値上げ耐性」がありました。

今の国民の多く（20数%にもなる）は貧困にあえいでいるのです。渡辺教授は、少なくとも、賃金上昇までの間、減税や貧困対策の拡充などを提言するべきでした。経済学は経世済民の学問だからです。渡辺氏は、経済学の基本を忘れてしまったのでしょうか？　それとも、物価・賃金上昇の好循環が到来するまでに、多くの国民が飢え死にしても仕方がないというのでしょうか？

ましてや、日本の金融政策をあずかる黒田日銀総裁の立場からはなお更のことです。

お二人とも、そこの肝心なところが抜けているので、野党やマスコミあるいは国民から

「家計の値上げ許容度（耐性）も高まってきている」発言に反発や批判が集中したのです。日本を代表する立場のお二人がこの程度の認識能力では将来の日本が心配です。

結局、黒田氏は、講演の翌日には謝罪会見をすることになりました。

安倍さんと黒田さんの異次元の金融緩和策は、今年（２０２２年）４月には９年目を迎えました。しかし、未だにその政策効果はあがっていません。それにも拘わらず、黒田さんは、今後も異次元の金融緩和策を続けるといっています。この時期、米国が予想以上のインフレになりました。ＦＲＢが予想以上の金利引き上げを決定したので円相場が急落しました。２０２２年６月中旬には１ドル＝１３５円になったのです。

同年９月２日、朝の各局テレビニュースは、１ドル＝１４０円を突破したと報じました。米国のインフレ速度を考えると、現在のドル円購買力平価は１ドル＝60円を大きく割り込んでいると思われます。日本の国富が６割引き以上のたたき売りです。

さらに、同年10月、１ドル＝１５０円を突破しました。それで、政府は、５兆円規模といわれる２度目のドル売り円買いの為替介入を実施したのです。

遡って、２０２２年６月６日、日本経済新聞は、国内の投資信託を経由した海外株への投資額は、２０２１年現在、８兆３０００億円に膨らんでいる。日本国民の日本株への投資額280億円の300倍近くにもなっていると報じました。

日本の金融機関と投資家は、日本株よりも実体経済が好調な海外株に魅力を感じて投資をしているのです。つまり、円を売ってドルを買うことで海外株を買っています。政府の円安対策に対して、日本の投資行動が妨げになっていることを表しています。

つまり、政府がiDeCoやNISAを勧めている裏で、日本の金融機関や投資家が日本売りをしているという皮肉な現象が起きていたのです。

超円安は今に始まったことではありません。2021年6月の為替相場は1ドル＝110円前後でしたが、購買力平価（実質的な為替相場ともいえる）は、1ドル＝65円前後だといわれました。日本が、「失われた30年」で物価が上がらないデフレが続いた時期に、米国の経済が好調で物価上昇が続いたからです。

行き過ぎた円安は、海外との取引、分けても貿易収支において日本の国富が収奪され続けることを意味します。日本の貿易収支は、2011年以降赤字基調に陥り、2022年までの12年間の累積貿易赤字は50兆円にもなりました。このような貿易収支の低迷は近年にないことです。

貿易収支だけではありません。日本の稼ぐ力をあらわす経常収支は、長年黒字を続けていましたが、2017年の2000億ドルをピークに下げ基調になり、2022年は500億ドルまで急降下しました。つまり、世界一の対外資産保有国であるお金持ちの国日本も、超円安で徐々に体力が失われているのです。日本国力の衰退です。

超円安の弊害は国際収支だけにとどまりません。世界の優秀な人材（日本人を含めて）が外国企業に流れて、日本に人材の空洞化をもたらしています。日本の勤労者賃金が安過ぎるからです。こうして、日本国力の衰退が加速しているのです。

2022年5月9日、安倍元首相は、大分市で開かれた会合で「日本銀行は政府の子会社」「（政府の借金は）心配する必要はない」と発言しました。これに対して、日銀と財務省は、「日銀は、日本銀行法によって独立した機能を有している。政府の子会社には当たらない」と安倍氏の発言に対して身内の釈明のような反論をしました。

この安倍さんの発言は、政府が日銀に55％出資していることを根拠にしています。民間企業では確かに子会社です。実態と法律のどちらを重く見るかの問題です。日本は法治国家ですから、日本銀行法を根拠とするべきです。

やはり、安倍さんの発言は、法治国家を否定するもので政治家として問題です。同時に、安倍さんは、今迄の政策運営の中で日銀総裁の黒田さんを子会社の部下として扱ってきたことを暴露したものともいえます。

異次元の金融緩和策は、政府が発行した莫大な国債を有効な政策には活用しないで、政府の意向を受けて全て日銀が買い入れ（買いオペ）て株式や債券を購入しているのです。本来、買いオペとは、市場にだぶついた国債を日銀が買い入れることによって市場に資金を大量に供給する、つまり、民間の経済活動を活性化するのが目的です。

現在の異次元の金融緩和策は、民間が多岐にわたる経済活動をするのではなく、日銀が政府の意向を汲んで大量の株式債券を買っているに過ぎません。従って、低金利による不動産バブルに加えて株式債券市場での資産バブルが起きているのです。

これでは、国は衰え大多数の国民は苦境にあえぐばかりです。

昭和40年以降、日銀総裁の任期は例外なく5年間でした。黒田総裁の任期は、この慣習を破って、令和5年4月には2期連続10年ということになります。黒田さんの2期連続10年の任期は、安倍政権によってもたらされたものです。安倍さんがいうように、子会社日銀の総裁として働いたからです。

安倍さんは、首相を辞任してもアベノミクスの失敗を認めるつもりはありません。最後は、黒田さんに詰め腹を切らせるつもりなのでしょうか？

その後、安倍さんは凶弾にたおれました。誰が日本の惨状を救うのでしょうか？

一寸驚きました

令和4年10月28日、ＢＳＴＢＳ「報道１９３０」は、「日本人が円を見捨て外国人が日本を去る日　大規模緩和と円安の罪」を放映していました。司会は松原耕二氏、コメンテーターに堤伸輔氏とパトリック・ハーラン氏、ゲストには、元日銀理事早川英男氏、東短リサーチ加藤出氏、防衛研究所山添博史氏が顔をそろえていました。

ゲストの加藤氏の弁舌は、滑らかでさすが東短リサーチのチーフエコノミストだという印象を受けました。政府の円ドル為替介入では、海外のヘッジファンドが暗躍して大儲けをしている様子にも感情的な見方をせず冷静に意見を述べていました。

パトリック・ハーラン氏が、財政規律に言及してＭＭＴ（日本語では現代貨幣理論、英語でモダーン・マネタリー・セオリー）に触れました。加藤氏は、これを言下に否定して、「ＭＭＴが正しいなら、税金はいらないはずだ。世界に税金が存在するということはＭＭＴがあり得ないということだ」という趣旨の論を述べました。

これはとんでもない間違いで、加藤氏がＭＭＴを理解していないことを自ら暴露したものといえます。しかし、これにパトリック・ハーラン氏は、ホスト側の立場を考慮してか反論しませんでした。加藤氏の発言に、明らかな過ちを感じながらもにこやかにその場を収めたのです。彼は、大学時代にＭＭＴを学んでいました。

ＭＭＴの理論は、従来の国家経済の考え、つまり、「国家の財政は家計や企業会計、自治体財政と同じで赤字が続けば破綻する」という考えと全く違います。その考えの核心は、貨幣を発行する権限を有する主権国家の政府（通貨主権国家）は、国債や借り入れに頼らずとも自由に貨幣を発行する権限を有するという点にあります。

例えば、ＥＵ加盟諸国のドイツやフランス、イタリアなどには通貨主権がありません。ＥＵ加盟諸国の通貨は、ＥＵが発行するユーロだからです。例えていえば、ＥＵが国家で、ＥＵ加盟諸国は一企業または一自治体、地方政府ということになります。

それで、２０１０年代、ギリシャを発端とするＥＵ加盟諸国の財務危機が発生しました。つまり、国家の財政の赤字が限度を超えて財政破綻を起こしたのです。ドイツやフランスという経済大国でも財政規律を守らないと同じ運命をたどることになります。

世界で最も強い通貨主権国家はアメリカです。日本やイギリス、オーストラリア、カナダも強い通貨主権国家といえます。

発展途上国の多くも、自国が発行する貨幣を持っているので通貨主権国家といえます。しかし、強い通貨主権国家とまではいえません。国家の資本蓄積が十分ではないからです。ですから、発展途上国といわれます。

ＭＭＴの目指すところは、格差社会を解消し国民の全てが幸せに生活することができる完全雇用の社会です。現在の大企業と富裕層だけが恩恵を受ける社会を否定します。そして、民主主義を最も価値ある理念としているのです。

税金は、格差社会を是正するために欠かせない制度です。累進課税は、所得や資産の再配分の制度として不可欠です。税金が無くなれば、益々、弱肉強食の社会になってしまいます。富が富を生んで、富が利益のあるところに集中するからです。

ネオリベ政策を推し進める米国共和党と自民党は、この半世紀の間、大企業と富裕層の減税を熱心に進めてきました。その結果、現在の貧富の格差社会を生み出したのです。適切な累進課税は、民主主義を守るための重要な制度です。

公共財である社会のインフラストラクチャーを利用するという観点からも税金は合理的な制度です。整備された自然や道路、交通機関、上下水道、電気、ガスなどから受ける恩恵に対する対価です。ＭＭＴは税金を否定していません。

財政規律派は、社会のコスト（国家予算）は税金か借金で賄うというのが基本です。国家予算の不足分を赤字国債で賄うと、次の世代に付けがまわるといって国民に危機感をあおっています。主に、日本では、今の財務省と財務官僚出身の国会議員、または、彼らに近い国会議員、評論家などが主張しています。

一方、ＭＭＴの主張は、国家経済は資金の需要と供給で成り立っており、市場に資金が過剰に供給されるとインフレになり、不足するとデフレになるというのが基本的な考えです。インフレには、金利の引き上げと国債を発行することで市場の資金を回収し、デフレには、金利の引き下げに加え国債を買い上げるなど財政出動して市場に資金を供給するというのが基本政策です。国債は借金の手段とは考えていないのです。

つまり、ＭＭＴの考えでは、国債の役割は国家の借金ではなく、市場の資金量の調節をするための手段と考えます。

財政規律派は、国家の財制を家計や企業会計、自治体の財政と同じと考えています。マクロ経済とミクロ経済は同じとする考えが、そもそも、矛盾しています。

国家には、様々な外交費用や防衛軍事費用、海外協力事業費用、国内の福祉・福利厚生事業費用、公共公益事業費用、国会や行政運営費用などなど国家的事業会計が含まれます。家計や企業会計とは違うのです。私には、財政規律派の主張が理解できません。

安倍元首相が口述筆記による「回顧録」を残していて、これが、令和5年2月に出版されました。安倍さんは、同著の中で財務省について、「国が滅びても、財政規律が保たれていれば満足なんです」と述べていることが明らかになりました。

これは、財務省の本質を良く表しています。

財務省は、東大など法科出身者で固めていて経済には疎いと指摘する識者もいます。一方で、増税が財務省の省益に関係していると指摘する識者もいます。つまり、増税によって、予算権を強化して各省庁から天下り先を確保してきたというのです。増税は省益拡大のチャンスになり、財政規律は増税の後ろ盾になっていたのです。

さて、報道番組にゲストとして招かれるほどの人物が、何故、このような誤りをまことしやかに発言するのでしょうか？　単なる無知からでしょうか？　財務省はＭＭＴを否定しています。財務省受けを狙っているのでしょうか？

この発言には、一寸、驚きました。

市場（金融市場）も財政規律を金科玉条にしています。投資家たちは、国民が幸せな社会になって国家が安定することは彼らに利益をもたらさないと考えます。つまり、彼らは、社会が不安定で景気不景気が繰り返される、場合によっては、社会の危機的状況が生まれればこれを逆手に利用してマネーゲームを展開してきたのです。

投資家たちは、株式・債券・貨幣などの売り買いによって利益をあげます。相場が上がっても下がっても売り買いで儲けるのです。投資家たちには、その落差が大きいほどうま味があるので安定した幸せな社会を嫌うのです。

政府内に積極財政派とかリフレ派と呼ばれる人たちがいます。適度なインフレを継続して、「失われた30年」を脱却して経済成長を促そうとする考えです。アベノミクスはその代表例です。しかし、その成果は出ていません。積極財政といっても、単に、日銀に大量の資金を流して株式債券を買っているに過ぎないからです。

ですから、３％の物価上昇も達成できていませんし、ＧＤＰ、特に内需の拡大も実現できていません。勤労者所得に至っては、この30年間、ほとんど伸びていないのです。債券や株式、不動産のみが値上がりしてバブルが生じています。

東京中心部の都区部では、令和４年、築25年以上の中古マンションの平均価格が１億円を超えたことがニュースになりました。ばかげた話です。日銀黒田総裁の大規模金融緩和策が、資金の過剰流動性を生み出しているのです。

アベノミクスは空振りに終わりましたが、安倍さんを筆頭とする積極財政派、リフレ派といわれる人たちは、ＭＭＴの政策に片足をかけていたふしがあります。生前、安倍元首相は、「防衛力強化費用は国債発行で賄えばよい」といっていたとの証言がありま す。政策として間違っていますが、少なくとも財政規律派の考えではありません。

ともかく、今は、物価だけが上がり庶民の収入は伸び悩んでいるのです。民主主義が置き去りにされ、国民の暮らしはますます苦しくなっています。安倍さんが亡くなって、アベノミクス失敗の責任もうやむやです。今後が心配です。

ある日の講演会

令和４年11月、ある大学で行われた三浦瑠麗氏の講演会に出かけました。

講演の演題は、基調講演「日本の将来展望と大学の果たす役割」となっていました。孫の大学進学を次の年に控えて、新しい世代の勉強にもなると思ったのです。三浦氏についての予備知識は全くありませんでしたが、講演案内には、三浦氏はテレビなどで活躍している政治学者と紹介されていました。

基調講演といってもシンポジウムではありません。三浦氏の単独講演です。講演後にフロアとのディスカッションが予定されているのだろうと思いました。

講演の冒頭、日本は、世界で第3位のGDPを誇る経済大国であり、日本は豊かな国だという位置づけで始まりました。私は、そこに違和感を覚えました。日本が豊かな国だというためには、国民生活が豊かでなければなりません。政治学を志すからには、民主主義を基本とする価値観が問われるはずだからです。

日本の相対的貧困率（2018年時点で年収127万円以下）は、新型コロナ以前で15・4％、新型コロナ以後では20数％にもなるといわれています。日本の家計貯蓄率は、OECD主要加盟国の中で最下位です。勤労者賃金比較でも同じく最下位です。勤労者賃金に至っては、OECD全加盟国平均の7割にも達していません。

高等教育就学率もOECD主要加盟国の中で最下位です。日本が豊かな国という根拠は何なんでしょうか？　強いていえば、日本企業の過剰とも思える内部留保くらいのものです。期待した講演も出だしからこのような違和感から始まりました。

講演内容も、米中対立問題、日本が直面するリスク、カーボンニュートラルの経済社会、デジタル化による経済の健康診断、コロナ感染予測など新味のない構成で終わってしまいました。講演が終わって、期待していたフロアとのディスカッションはありませんでした。結果は、いいっぱなしの単独講演だったのです。

私がこれまで参加した単独講演（医学関係を含めて）では、質疑応答のない講演は今回が初めてです。単独講演であっても、フロアからの質問に答える責任があるはずです。いいっぱなしでお終いとは、随分な講演だなというのが私の感想でした。

自宅に帰って、ネットで三浦瑠麗氏とはどんな人物なのか検索してみました。

安倍元総理の国葬に参列した際のスケスケルックの話題、或いは、葬儀中にも拘らず6時間も竹中平蔵氏とのおしゃべりが楽しかったという発言、旧統一教会の宗教2世山上容疑者の母親献金に関する発言「競馬ですったと同じ」などもありました。

ネット情報によると、三浦氏の人物評価は余り芳しいとはいえません。

竹中氏との接触を得意になって吹聴しているところを見ると、三浦氏の政治信条がどんなものかが分かります。ネットでは、三浦氏を保守派の論客と紹介する記事もあります。2020年に菅首相（当時）が立ち上げた「成長戦略会議」では竹中氏とともに有識者委員として名前を連ねています。やはり、安倍さん・菅さん人脈の一人でした。

三浦氏には、本当に、今後期待できる人物なのか疑問を感じました。舛添要一さんは、三浦氏の不勉強発言、思い付き発言などを指摘した上で「こういう人（三浦瑠麗氏）にはもう国際政治学者を名乗らないでほしい」と苦言を呈しています。

その後、令和5年1月、三浦瑠麗氏の夫が起こした事件に関連して、作家・適菜収氏が次の一文を「日刊ゲンダイDIGITAL」に寄稿していました。

国際政治学者を自称する三浦瑠麗氏とは一体何だったのか。太陽光発電事業への出資を名目に、およそ10億円をだまし取ったとして投資会社「トライベイキャピタル」本社と代表を務める瑠麗氏の夫の自宅マンションが東京地検特捜部により家宅捜査されたが、それをきっかけに瑠麗氏の過去の言動に注目が集まった。

瑠麗氏は「私としてはまったく夫の会社経営には関与しておらず、一切知り得ないことではございますが、捜査に全面的に協力する所存です」と関与を否定。もちろん夫が引き起こした事件と配偶者は関係ない。そういう意味では、瑠麗氏は巻き添えを食ったかのようにも見える。

しかし、次第に実態が明らかになっていく。瑠麗氏が経営する会社と夫の会社は同じビルの同じフロアにあり、両社は合同で行事を開催することもあった。さらに瑠麗氏は、政府の「成長戦略会議」やテレビ番組などで、太陽光発電事業を〝猛プッシュ〟していた。これによりネットでは夫のビジネスの「広告塔」だったのではないかと疑う声が増えていった。

第2次安倍政権後に表舞台に出てきた瑠麗氏は最初からいかがわしかった。薄着姿で意味不明なことを言い、世の中をけむに巻く。

「お父さんがパチンコとか競馬でお金をスッたり、家庭内暴力で殴ったり、飲酒におぼれたり、どれも合法なんです。合法な活動で家庭が崩壊するケースはいっぱいあるのに、なぜ宗教法人（だと問題）になるか、これは政局だからです」とあさっての方向から統一教会（現・世界平和家庭統一連合）を擁護したり。そもそも、「家庭内暴力」は合法ではない。

結局、メディア上層部の戦略ミスだったのだと思う。「上から目線で偉そうに説教する女性キャラ」には昔から一定の需要がある。

そこで曽野綾子氏や桜井よしこ氏の後釜になるような人物として瑠麗氏にスポットが当たったが、「大喪の礼」を読めずに国葬を語り、「ワシントン・ポスト」と「ワシントン・タイムズ」を間違えながら統一教会問題を語る瑠麗氏には無理がありすぎた。それでも引き返せなくなったのが今の惨状ではないか。ー後略ー（適菜収／作家）（「日刊ゲンダイDIGITAL」2023・1・28記事〝「三浦瑠麗」という虚像は需要と人選ミスが生んだ…最初からいかがわしかった〟より、敬称は著者によるもの）

私が感じたものがここにありました。

防衛力強化の財政と経済

令和4年の師走、防衛力強化と防衛費の財源問題が活発に論議されました。かつてないことです。現在の世界情勢を考えれば、防衛力強化の必要性はやむを得ないかも知れません。しかし、その財源を税金で賄うことには問題があります。

アメリカでは、軍事費の歳出には財源論議はされないと聞きます。議会が歳出を議決すれば連邦準備銀行がそれを支出するだけです。日本でも、安倍元首相がトランプ元大統領と高額兵器の買い入れを約束した際も財源論議はありませんでした。

日本の軍需産業は、長く武器輸出三原則の規制を受けてきました。当然、日本の国防必需品の自給率は低い状態で据え置かれています。世界の軍需産業は、ロシアと中国を除けば、米国がほぼ寡占状態で、ＥＵ諸国がこれに続いているのが現状です。

政府は、今後膨張する防衛費の財源を、主に、税金で賄うという方針を発表しました。日本が必要とする防衛必需品は、米欧から輸入することになるのです。つまり、数兆円にも上る資金を税金として民間から吸い上げ、米欧から兵器を購入することになります。これは、日本経済のデフレ誘因になります。

只でさえ、「失われた30年」のデフレが続く日本です。日本の経済に悪い影響を及ぼさないはずがありません。国債発行でこれを財源にすることも、同じく、民間から資金を吸い上げてデフレの誘因になるのです。

防衛軍事費を税金で賄ったり国債を発行したりしなくても、通貨主権国家である日本の政府が国会の議決を受けて貨幣を発行すればいいのです。

今のように日銀が際限なく国債を買い入れるやり方を考えているのかも知れませんが、如何に低金利時代といっても、日銀に金利を払い続けるばかりで無駄というほかありません。その利息は、民間から吸い上げた税金で支払っているのです。

エネルギー物資の輸入は、電気を生産したり化学製品を生産したり、船舶や航空機、車両の動力源として利用したりして新たに付加価値を生みます。軍需物資の輸入は、エネルギー物資の輸入とは違って輸入コストを支払うだけで付加価値を生むことはありません。莫大な付帯費用やメンテナンス費用がかかるばかりです。

安全保障の長期的観点からは、防衛費の強化ははかり知れない付加価値を生むことが期待されます。しかし、ここで考えるべきは、短期中期の国内経済効果です。短期中期の国内経済効果と長期の安全保障効果を活かすための政策が必要なのです。

この政策を誤れば、再び「失われた30年」に陥る危険もあるのです。安倍さんがいったように、財務省が影響力を持てば、「国が滅びても、財政規律が保たれていれば満足なんです」ということにもなりかねません。

岸田首相が、安定財源を税金に求めるのは財政規律派の考えです。岸田首相が財務省にからめ捕られているのです。ここでも、財務省の省益が優先されています。岸田首相の宏池会が財務省を基盤にしているからなのでしょうか？

日本の政治と行政は、利益誘導ばかりに熱心で民主主義を忘れてしまっているのです。

日本の将来が心配です。

ジェネリック医薬品不正事件の余波

２０２２年12月のＮＨＫテレビニュースでは、数回にわたり、処方医薬品が不足していて処方薬が患者の手に届かないというニュースを繰り返し放映していました。２０２０年以降、相次いで発覚したジェネリック医薬品メーカー不正事件をきっかけに、かつてない規模の医薬品供給不足が続いているというのです。

医薬品が不足していて医療現場に混乱が起きていることは、行きつけの調剤薬局で聞いていました。欠品の処方薬には在庫のある他製品で対応していたのです。

２０２０年12月の福井県のジェネリックメーカー「小林化工」の不正事件に続き、翌年3月には、国内最大手ジェネリックメーカー「日医工」の大々的な不正事件が発覚し、製造停止処分や多数のジェネリック品目の許可取り消し処分がありました。

「小林化工」と「日医工」の不正事件以降に厚労省が調査した結果、13社にも上るジェネリックメーカーの不正が摘発され、おびただしい品目の製造停止など行政処分を受けました。「小林化工」「日医工」事件は氷山の一角だったのです。

先発医薬品も、ジェネリックメーカーの巻き添えを食っています。不足するジェネリック医薬品が、急激に先発医薬品に切り替わった結果先発医薬品が不足するのです。先発医薬品がジェネリックメーカーに製造委託しているケースでは、ジェネリックメーカーの混乱が先発医薬品の製造に支障を引き起こしています。

今年（２０２２年）８月末時点の医療用医薬品の供給状況について、製薬会社でつくる「日本製薬団体連合会（日薬連）」が調査を行い、２２３社から回答を得たそうです。その結果、調査対象の１万５０３６品目のうち、出荷停止や出荷調整が行われていたのは全体の28・２％にあたる４２３４品目だったことが判明しました。

ジェネリック医薬品不正事件の結果、大々的な処方薬不足が起きたのは厚労省の責任です。10年以上もの間、ジェネリック医薬品の不正を放置していた厚労省の責任が問われているのです。大多数の日本国民は、厚労省の「ジェネリック医薬品は先発医薬品と同じ」という宣伝を真に受けてジェネリック医薬品を服用してきたのです。

厚労省は、「医薬品の安定供給は製造業者の責任」としていますが、今回のような異常時の危機管理については、当然、「国民の生命と健康を守る」立場から厚労省が責任を持つべきです。この問題について、厚労省はだんまりを決め込んでいます。

ここに、日本医師会に寄せられたジェネリック医薬品への質問があります。２０２２年3月29日、第１３４回日本医師会臨時代議員会に出された質問からの抜粋です。

その①「後発医薬品（ジェネリック）は本当に医療費削減効果があるのか？」「厚生労働省は医療費のうち薬剤費の削減のためジェネリック医薬品の使用促進を進めているが、ジェネリック使用による実際の医療費削減の値が示されていない。この点の日医のご見解をお尋ねしたい」という質問です。開業医もこの点に疑問を持っているのです。

先発医薬品の中には、発売してから30年、50年と長期にわたって使われている医薬品が少なくありません。これらの医薬品は、長い時間の中で高い有効性と安全性が確認され今も使われているのです。患者にとっては必須医薬品ともいえます。

このような医薬品は、長年の薬価改定の結果とても低薬価になっています。先発品が安過ぎて、先発品とジェネリック品の価格差が少ないのです。一方で、ジェネリック使用促進のために処方箋料と調剤料にインセンティブ、つまり、加算が与えられます。この加算を加えるとジェネリック品の方が先発品より高い場合も多いのです。

ジェネリック医薬品の信頼性が高いのであれば、患者と医療サイドは神経をとがらせることもありません。信頼性が低いからこそ疑問が起きるのです。

平成27年5月19日、同年度第1回都道府県医師会長協議会での質問の抜粋です。

その②「後発医薬品の質の担保について」次のような質問をしています。

「医療経済面において、後発医薬品の使用促進を求める意義を理解できないわけではありませんが、我々医師が、現場で処方をためらう最も大きな原因は、後発医薬品の質の担保が明らかにされていない点だと思っています。

実際に出回っている後発医薬品の中には、血中濃度が先発品の半分にも満たないもの（メバロチンの後発品）や、徐放性降圧剤の後発品では、徐々に薬剤が放出されず血中濃度が一気に上がってしまう例、先発品と基剤が異なるために変えた途端にアレルギーを起こす例、外用薬では基剤が異なることによってその効果が全く減じてしまうことを指摘する皮膚科医が多数存在する…。

後発医薬品の質の担保ということについて、現状をどのようにお考えなのか、日医の見解をお聞きしたいとともに、今後、厚労省に対し、科学的な根拠のある評価法に基づく後発品の質の担保がなされない限り、後発医薬品の処方をやみくもに増やしていくことには、患者の安全・安心を守る医師会としては賛同できない旨をしっかりと伝えていただきたい」という質問です。

このような疑問や意見は、私の現役時代にも多くの医師から聞いていました。厚労省にも届いているはずです。しかし、厚労省は動こうとしません。ジェネリック医薬品普及政策は、歴代の保守政権が目玉政策として進めてきたからです。厚労省としても、官邸に異議を申し立てることを憚っているのです。

第一に、低薬価の先発医薬品について、次のような提案をしたいのです。

例えば、1日薬価50円以下の先発品は、医療経済的にジェネリック品と同等に扱う。これは、患者にとって大きなメリットになります。先にも述べたように、このような医薬品は有用性が高く患者にとって必須医薬品である場合が多いのです。

そうすれば、品質と安全性が担保され、患者にとっては安心して服薬が継続できます。患者は、ジェネリック医薬品の品質、特に有効性と安全性に疑心暗鬼で服用しなければならず、このことがストレスになっていることが多いのです。

第二に、オーソライズド・ジェネリック（AG）という新しいジェネリック医薬品について提案したいと思います。オーソライズド・ジェネリックは、近年、発売されるようになりました。先発メーカーが先発医薬品との同一性を保証したジェネリック医薬品です。つまり、先発医薬品と同じ原薬と同じ添加物を用い、同じ製法で製造されたジェネリック医薬品です。価格も他のジェネリック医薬品と同一です。

しかし、これはまだまだ流通が限られていて、私の場合、一つも該当する処方薬がありません。厚労省は、もっともっと、多くの品目でAGを流通させる施策を講ずるべきです。厚労省は国民の安全を守る責任があるのです。

厚労省がAGを制度化して普及すれば、先発メーカーは、新薬特許が切れた後も技術を提供することで社会的使命を果たすことができ、ジェネリックメーカーは、安全で有効なジェネリック医薬品を製造・供給することで社会的使命を果たすことができます。そして、厚労省は国民の安全を守ることで社会的使命を果たすことができるのです。日本の優れた医療制度になる可能性があります。

この第一と第二の提案が制度化されたとき、国民は、安心して医療を受けることができるのです。医療経済的にも医療費削減効果を損なうことはありません。近江商人の「三方良し」ならず「四方良し」になるのではないでしょうか？

あとがき

この書では、各章の始めに、各章ごとの「まえがき」を述べるという形を取りました。それで、まえがきのない「あとがき」になりました。

今は人生１００年といわれる時代、今までになく高齢シニアが元気です。

毎年発表される日本人の平均寿命は、年々伸びて世界一の長寿を続けています。ただ長寿というだけではありません。周りを見渡しても、70代・80代のシニアが元気なことに驚きます。私の同期生も、81歳になりましたが驚くほど元気です。

しかし、それでも、厚労省の健康寿命調査によれば、日本人の人生最後の10年間ほど（実際はもっと長いと思われる）は、健康に問題があるという結果になっています。つまり、元気ではない期間です。国民の健康意識が今よりさらに高まれば、日本は、もっと高齢シニアが元気になる余地が残されているということです。

健康管理に意欲をもって健康生活を実践している高齢シニアは、何かにつけて楽しい日常を過ごしています。そのような高齢シニアは、老人とは思えない若々しい体力と若々しい心を持って日常を楽しんでいるのです。人生のゴールデンエイジを謳歌しているといえます。折角、両親から授かった命、シニア全員がそうありたいものです。

若いころの思い出を回想することは楽しいものです。

昔、老人が、若いころの痛快冒険談を孫に語って聞かせるというハリウッド映画がありました。映画の映像となって、若かったころの痛快冒険劇が展開するのです。孫は、「それからどうなったの？」と話の先を催促します。観客にとっても楽しい映画ですが、孫にとっては、おじいちゃんのカッコイイ痛快劇がとても誇らしく映ります。

私も、映画の老人のように孫に昔話を聞かせたいと思ったことがあります。しかし、孫は、おじいちゃんの自慢話よりゲームに夢中でなかなか私の自慢話が実現しません。それで、いずれは読んでくれるかもしれないと思い、私のファミリーヒストリーと回想記を綴った「タンポポの花」を自費出版しました。

それ以後、書くことが楽しくなりました。特に、昔を回想すると際限なく楽しい世界が広がります。夜、布団に入ると回想の世界に入ります。私にとって、回想は壺中の天です。そして、回想しているうちに心地よい眠りの世界に入るのです。

時には、回想を「もしも、ああだったら」「ああしていたら」と想像してその先を創作してみます。「もしも、私がひざの故障がなく体操選手を続けていたら」オリンピック選手になってこんな世界が開けていたかも知れないと想像するのです。

「もしも、志望していた大学の工学部に入学していたら」仲間を集めて先端技術研究所を設立する。資金作りには、学生仲間を集めて学習塾を経営して大いに稼ぐ。学生仲間のアルバイトにもなる。その後は、学習塾を全国展開してアルバイトによる学生自立奨学支援の柱にする。学生にとって最も得意分野の奨学支援策になります。

私たちの時代、生徒の学習指導は学生が行っていました。一人前の成人が、学習塾の先生として働くのはもったいない話です。もっと他の分野で生産性を発揮して欲しいと思うのです。受験に対しては、現役の学生が最も近い立場にいるのですから。

自動車業界では、世界で最も高性能で安全性の高い先端技術を開発して世界をリードする。いち早く、安価で高性能な合成レアメタル・レアアースの代替品を開発して、小型で高性能な蓄電池を開発する。この先進的な蓄電池によって、イーロン・マスク氏に先駆けて電気自動車事業にも乗り出すなど勝手に想像するのです。

エネルギー資源では、コンパクトで効率の高い水素製造プラントを開発して世界に供給する。更に、水素製造プラントと発電所を直結して世界のエネルギー需要の殆どを電力で賄う。エネルギーの地産地消を進めて、世界のエネルギーコストを半減する。その結果、日本は世界の人々の暮らしと環境問題に最大限貢献する国になる。

先端技術研究所の活動によって生まれる巨額の利益からは、1／2程度を拠出して、日本の高等教育費の無償化を支援する。政府も、これに応えて高等教育の無償化を制度化する。そして、日本は世界に冠たる人材育成国家になる。と想像が広がります。

日本は、先進技術による産業の発展と持続的に優秀な人材を輩出することによって完全雇用の世界になる。同時に、世界に向けて人材の一大供給国になる。どんどん想像の世界が広がります。そして、日本は世界の平和的な発展に大きく貢献するのです。

空想は際限なく広がりますが、朝、目が覚めると全ての空想が消えて日常の世界に戻ります。気持ちもすっきりして、新たな気分と元気が生まれるのです。

高齢になっても社会に「怒」を発することは必要です。健康の上でも、強い精神を保つことになります。反対に、周囲に「怒」を発することは、周りの人々にとって迷惑なばかりかあなたの老化が原因かもしれないので要注意です。大脳辺縁系、特に、前頭葉の萎縮や性ホルモンの異常低下あるいは認知症の進行が疑われることになります。

ですから、社会に「怒」を発するのです。今起きているロシア・プーチンの蛮行には世界の自由主義圏全ての人々が「怒」を発しています。中国の習主席の露骨な覇権主義に対しても同じです。国内社会にも、私たちが「怒」を発する場面は多いのです。

高齢シニアは、将来にわたって子々孫々が暮らしやすい社会が続いて欲しいと願っています。そのような社会活動に反する動きには心配もしますし反対もします。社会全体が反応することが必要です。高齢シニアも社会の一翼を担っているのです。

年をとっても、時事問題には高い関心を持って生活したいものです。時事問題に反応することは、頭脳と精神を刺激してあなたの若返りにも大きく寄与するはずです。もちろん、「楽」が高齢シニア人生にとって最も大切なことはいうまでもありません。

生活の中で、「楽」を感ずる場面はいくらでもあります。感じるか感じないかの問題です。探し物をするように、常に、「楽」をさがしてみるのです。「楽」さがしをすることで、高齢シニアが最後まで元気な晩年人生を生きることを願っています。

山口　昇（やまぐち のぼる）

1941 年愛知県知多郡（現在、名古屋市緑区）に生まれる。高校 3 年の秋、伊勢湾台風の被害に遭い進学をあきらめ名古屋市役所に就職するも、勉学への想いを捨て切れず、翌年、愛知大学経済学部夜間部（その後昼間部に編入）に入学する。
大学卒業後製薬会社に就職。何時の時代も「青春の心」を持って挑戦することの大切さ楽しさを知る。
51 歳、東京都北区で薬局事業を起業し第二の人生を生きる。76 歳で薬局事業を引退、81 歳の今、最晩年を如何に生きるか模索中である。

著書：人生 100 年時代　あなたの晩年をゴールデンエイジに（風詠社）
　　　今、日本が心配！　80 歳の杞憂（風詠社）

八十の坂を上る

2023 年 8 月 4 日　第 1 刷発行

著　者　山口　昇
発行人　大杉　剛
発行所　株式会社 風詠社
〒 553-0001　大阪市福島区海老江 5-2-2
大拓ビル 5 - 7 階
TEL 06（6136）8657　https://fueisha.com/
発売元　株式会社 星雲社
（共同出版社・流通責任出版社）
〒 112-0005　東京都文京区水道 1-3-30
TEL 03（3868）3275
印刷・製本　シナノ印刷株式会社

ISBN978-4-434-32391-1 C0095